LAS AVENTURAS
DE TOM SAWYER

— *Colección* —
Grandes de la literatura

LAS AVENTURAS
DE TOM SAWYER

Mark Twain

EMU *editores mexicanos unidos, s. a.*

The Adventures of Tom Sawyer
Traductor: Ana Fuentes Guerrero

D. R. © Editores Mexicanos Unidos, S. A.
Luis González Obregón 5, Col. Centro.
Cuauhtémoc, 06020, D. F.
Tels. 55 21 88 70 al 74
Fax: 55 12 85 16
editmusa@prodigy.net.mx
www.editmusa.com.mx

Coordinación editorial y diseño de portada: Mabel Laclau Miró
Portada: Carlos Varela
Formación y corrección: Equipo de producción de
Editores Mexicanos Unidos, S. A.

Miembro de la Cámara Nacional
de la Industria Editorial. Reg. Núm. 115.

1a. edición: 2014

ISBN (título)   978-607-14-1129-7   ISBN 978-607-14-1129-7
ISBN (colección)   978-968-15-1294-1

9 786071 411297

Impreso en México
Printed in Mexico

Prólogo

Marco histórico

Cuando nació Estados Unidos en 1776, contaba apenas con unos tres millones de habitantes distribuidos en trece estados de la costa este de Norteamérica. En 1860, eran ya treinta y cinco estados que daban patria a más de treinta millones de personas. Muchos de esos estados habían sido comprados o arrebatados a Francia, España y México, y se extendían desde la costa atlántica hasta la costa del Pacífico.

Desde entonces, Estados Unidos ha sido el destino de una gran cantidad de inmigrantes que, en esos años, llegaron principalmente de Europa motivados, entre otras cosas, por la libertad y el furor religiosos y la promesa de una nueva patria feraz y pacífica, alejada de los añejos y continuos conflictos del viejo continente, pues la nueva nación, en su afán de crecer, concedía con facilidad terrenos a los advenedizos.

En 1848 (además de la firma del Tratado Guadalupe-Hidalgo, en el que el gobierno de México cedió gran parte del territorio nacional a Estados Unidos), se habían descubierto minas de oro en California, lo que intensificó la inmigración. Los pueblos polvorientos del lejano Oeste son el resultado del movimiento demográfico causado por la 'fiebre del oro americana'.

En la política estadunidense había, como ahora, dos partidos principales: el republicano, que procuraba más poder para el gobierno federal, y el demócrata, que pretendía otorgar más poder a cada estado. Los estados del norte eran mayormente republicanos; los del sur, demócratas. Estos habitantes del sur eran propietarios de grandes extensiones de tierra, buenos comerciantes y se regalaban una vida "aristocrática", por ejemplo, utilizando esclavos.

Los habitantes del norte habían sido moldeados de un modo más riguroso de vida: eran pequeños propietarios que luchaban mucho para establecer industrias estables y por tanto, buscaban un gobierno proteccionista.

Hasta 1860, los demócratas habían dominado las elecciones federales, pero en este año, un norteño enemigo declarado de la esclavitud, Abraham Lincoln, fue electo presidente. El estado de Carolina del Sur se inconformó y se separó de la unión, llevándose consigo a otros diez estados (del sur, por supuesto); eligieron a Jefferson Davis como presidente, establecieron su capital en Richmond y comenzaron un conflicto bélico para "recuperar" los estados del norte.

Iniciaba así la guerra de secesión. Los confederados, del sur, pelearon durante cinco años contra los federales, del norte, guerra que terminaría con una humillante capitulación de los confederados ante las fuerzas norteñas abolicionistas de la esclavitud.

En esta guerra, el río Mississippi fue estratégico. Los confederados vigilaban todas sus riberas (el río, que sube desde el Golfo de México hasta Illinois, ha sido la más importante vía de comunicación fluvial de la estadunidense) y frustraban los intentos de los federales de irrumpir en el sur por el centro del país.

Vencidos los separatistas sureños en el plano militar, fueron sometidos políticamente y obligados a adoptar las nuevas disposiciones contra la esclavitud consagradas por el Congreso encabezado por Lincoln, quien murió asesinado a los pocos días del cese al fuego.

El autor y su obra

Nuestro autor nació en una pequeña villa del estado de Missouri, llamada Florida, el 30 de noviembre de 1835 y su nombre era Samuel Langhorne Clemens. Cuando tenía cuatro años su familia se mudó a Hannibal, un pequeño puerto fluvial en el río Mississippi.

En 1847, murió su padre y él se vio forzado a buscar trabajo; lo encontró como aprendiz en imprentas, por lo que rápidamente se involucró en el periodismo y la literatura. En 1851 ya publicaba notas en el periódico local que dirigía su hermano y muy pronto consiguió publicar en diarios de otras ciudades como Nueva York y Filadelfia.

El río Mississippi se convirtió entonces en el telón de fondo de su contemplativa vida: fue piloto de un barco de vapor que recorría el célebre río y entre este trabajo y los acontecimientos históricos que vivió podemos rastrear la temática de sus libros más laureados.

En 1861 se alistó en un pequeño grupo militar confederado. Al año siguiente, prueba suerte en las minas de plata, pero no le va muy bien. Se contrata como reportero del *Territorial Enterprise* de Virginia City (estado de Nevada) y en 1863 comienza a firmar sus artículos con su seudónimo: Mark Twain. *"Mark Twain"* (marca de dos brazas de profundidad) es una frase usada en el ámbito del Mississippi para designar el calado mínimo que se necesita para navegar sin problemas.

En 1864 viaja a San Francisco y de sus vivencias y convivencias con otros escritores surge *La célebre rana saltarina del condado de las Calaveras,* que le merece una fama muy amplia. En 1867 viaja a Europa y a Tierra Santa, viaje cuyas incidencias le inspiraron *Los inocentes en el extranjero* (1869).

El año siguiente nuestro autor contrae matrimonio con Olivia "Livy" Langdon y escribe *Una vida dura,* en Connecticut, donde se establece con su esposa. En este lugar surge a la luz *Las aventuras de Tom Sawyer* (1876), donde describe personajes y elementos de su niñez en el Mississippi.

De otros viajes a Europa y África surge *Un vagabundo en el extranjero* (1880), *El príncipe y el mendigo* (1882) y sus experiencias como piloto de barco se leen en *Vida en el Mississippi* (1883). Un año más tarde publicó *Las aventuras de Huckleberry Finn*, la secuela de *Las aventuras de Tom Sawyer*, que aún es considerada su obra maestra.

Ese mismo año, funda la firma editorial Charles L. Webster & Company, en la que publica muchas de sus obras así como las de otros autores. Invirtió comprando una imprenta automática para la editorial pero la deuda fue tal, que tuvo que hacer giras dando conferencias para solventar su inversión.

Cuando regresó, en 1897, publicó *Viajes alrededor del mundo siguiendo el Ecuador*, y en 1889, *Un yanqui en la corte del rey Arturo*.

En la última década del siglo, sufrió la muerte de su esposa y de dos de sus hijos. El dolor lo marca con un aire pesimista que plasma en su *Autobiografía*, sorprendentemente poco conocida. En esa década también publicó novelas y cuentos: *Wilson* (1894), *Recuerdos personales de Juana de Arco* (1896), *El corruptor de Hadleyburg* (1899) y ya en el nuevo siglo (1905), *Oración de guerra.*

En 1907, la Universidad de Oxford, Inglaterra, le otorgó el doctorado *honoris causa.*

Dos años después, otra de sus hijas murió y cuatro meses después de este acontecimiento, el 21 de abril de 1910, muere nuestro autor en Stormfield, Nueva York.

Tom Sawyer: la niñez en el Mississippi

La obra más difundida de Samuel Clemens (Mark Twain) es la que fue inspirada por su vida en Hannibal, ese pequeño puerto fluvial del Mississippi que enmarcó su niñez. Tom Sawyer no encarna particularmente al pequeño Samuel, pero sí es uno de los personajes más identificados con el autor.

Las riberas del Mississippi, la escuela local, la tía Polly, la encantadora Becky, el indio Joe y especialmente el peculiar Huck Finn, que podríamos señalar como el personaje más humano y bellamente complejo de todos, definen la vida del jovencito Tom, tal como cualquier niño se define a sí mismo a partir de su familia, su escuela, sus sueños, sus juegos y sus amigos.

Y es que el magnífico par de amigos (Tom y Huck) no buscan tanto a las aventuras como éstas los encuentran a ellos. Todo niño aspira a vivir algo mínimamente extraordinario y Tom no es la excepción. Las aspiraciones de Huck Finn, aunque se dirigen más a una apacible vida sin trabajo, se realizan bien siguiendo a su amigo en todo lo que le proponga, sin un entusiasmo desbordante, pero sí con la euforia suficiente como para nunca renunciar a esas "aventuras".

Las relaciones personales de una comunidad pequeña como era Hannibal, se reflejan también en el trato desenfadado que el niño Tom tiene con personas de importancia, jueces, maestros, etcétera. En *Las aventuras de Tom Sawyer,* podemos contemplar la vida de una comunidad sureña de la década que inició en 1831 con todo y los esclavos, las aspiraciones aristocráticas y un ligerísimo aire de inquietud política que nunca enrarece el ambiente. Es más significativa la atención que la comunidad dirige a un percance de índole criminal en el que se ven involucrados, casi por accidente, los dos niños protagonistas del relato.

Por ello, las aventuras en las que se ven envueltos Tom y Huck salen de lo cotidiano. Sin perder su inocencia ni su entusiasmo infantil, los niños viven experiencias que la historia sólo adjudica a adultos a cambio de heridas muy hondas en el alma: presencian un acto ilícito, lo denuncian, viven un exilio voluntario, fundan un gobierno en una isla, renuncian a la tranquilidad de sus familiares a cambio de la seguridad colectiva, todo ello sin dejar de soñar cómo se arreglaría el mundo si ellos se decidieran a ponerlo en orden.

Las intervenciones de Huck Finn, que a ratos desentonan con la seriedad infantil de Tom, ilustran esa amistad entrañable que no se puede romper con la facilidad que se fragmentan las amistades adultas y los que al principio eran unos simples conocidos que conviven, terminan siendo dos amigos que no conciben la vida sin ese vínculo de amistad.

Tom y Huck: los niños interiores

El espíritu aventurero de Tom es un obvio reflejo de las inquietudes viajeras del autor, quien hizo suyo el mundo, sorprendiéndose y desencantándose del mismo durante toda su vida. Huck es más bien la voz del apacible anciano carente de cultura formal, pero lleno de una sabiduría contemplativa que siempre quiso ser Samuel Clemens.

En Huck rastreamos el humor agudo del Mark Twain periodista, del agudo columnista que no reparaba en ironizar las extrañas actitudes del ser humano.

La pareja de aventureros, es pues, una unidad completa que da coherencia a la obra. Sin Tom, no tendría ningún encanto la plácida holgazanería de Huck pues nos irritaría. Y sin Huck, Tom sería poco menos que un niño hiperactivo y disfuncional, solitario en sus travesuras. Pero ambos son una unidad, aunque no siempre estén en el mismo sitio.

El ámbito de la ribera del Mississippi es la escena más idílica que se haya podido crear del suelo estadunidense. Nadie se resiste a enamorarse de las cercas de madera que hay que pintar de blanco, de la pesca a cualquier hora del día cualquier día, del gusto de asistir a una escuela dominical cálida y franca, de los nutritivos platillos de una amorosa tía, de un paisaje natural que propicia el juego de los niños sin oponer peligros, de ver pasar buque tras buque de vapor y quizá conocer gente nueva.

En fin, el lector tiene en sus manos una de las obras más hermosas de la literatura universal, que al mismo tiempo le presentará pocas dificultades para entrar en ella. El lenguaje no es árido, es más bien coloquial. Al leer, será inevitable identificarse casi a plenitud con uno o con otro personaje. O lo que es más divertido, en el relato podrá encontrar fácilmente los reflejos de personajes reales que definen nuestra vida y adjudicaremos el encanto de esta novela a nuestra propia juventud. Pero luego, cuando los años pasen y sepamos un poco más de la guerra de secesión, cuando nos preocupemos más por la política de nuestra comunidad, cuando creamos que ya nos ha abandonado la afición por *Las aventuras de Tom Sawyer,* las leeremos de nuevo y nos volverán a atrapar y a liberar de todo el enfado de la vida adulta. Entonces redescubriremos qué grandeza de talento se despliega en esta obra. O más bien, redescubriremos que siempre estaremos dispuestos a seguir siendo niños.

RAFAEL DE LA LANZA.

Capítulo 9

—¡Tom!

Silencio.

—¡Tom!

Siguió el silencio.

—¿Qué le pasará a ese muchacho? ¡Tom!

La anciana bajó sus anteojos y miró por encima de ellos alrededor de la habitación: luego los subió y echó una ojeada por debajo. Muy pocas veces, o, mejor dicho, nunca, miraba a través de los cristales por tan poca cosa como un muchacho. Los anteojos le conferían dignidad, eran el orgullo de su corazón, y los usaba para dar mayor prestancia a su persona, no porque le dieran algún servicio; lo mismo hubiera visto a través del ojo de una cerradura. Por un momento quedó perpleja y después dijo, si no enfadada, lo bastante fuerte como para que hasta las paredes la oyesen:

—Bueno, si te encuentro...

No terminó la frase porque ya estaba arrodillada, dando fuertes golpes debajo de la cama con la escoba, y necesitaba respirar cada vez que asestaba uno de sus recios escobazos.

No apareció más que el gato.

—¡Yo no he visto salir a ese muchacho!

Se dirigió hacia la puerta, que estaba abierta, y de pie recorrió con la vista desde allí las tomateras y las hierbas silvestres que constituían el jardín. Tom no estaba. Por consiguiente, con voz sonora, para que la oyera desde lejos, gritó:

—¡Eh, Tom!

Oyó un leve ruido detrás de sí y se volvió justo a tiempo para asir a un chicuelo por la punta del saco y evitar que se escapara.

—¡Ajá! Debí pensar en esa despensa. ¿Qué estabas haciendo ahí?

—Nada.

—¿Nada? ¡Mírate esas manos y esa boca! ¿Qué es eso pegajoso?

—No lo sé, tía.

—Pero yo sí. Es dulce... Eso es. Cuarenta veces te he dicho que si no dejabas en paz el dulce te iba a dar una paliza. Dame esa vara.

La vara revoloteó en el aire; el peligro era inminente, y la situación desesperada.

—¡Oh, mire lo que tiene detrás, tía!

La anciana volvióse rápidamente y levantó la falda para eludir el peligro. Al instante el muchacho voló, se encaramó al alto tapial y desapareció. La tía Polly quedó sorprendida un momento y luego prorrumpió en franca risa.

—¡Qué muchacho! ¡Cuándo escarmentaré de una vez! ¡Son ya infinitas las jugarretas como ésta que me ha hecho! Pero es inútil: los viejos tontos son los tontos más grandes. Bien dicen que perro viejo no aprende mañas nuevas.

Tom se hizo la rabona esa tarde y se divirtió muchísimo. Volvió a su casa a la hora de comer, apenas con el tiempo necesario para ayudar a Jim, el negrito esclavo, a aserrar la leña para el día siguiente y cortar las astillas. Mientras Tom comía y robaba azúcar en cuanta oportunidad se le presentaba, la tía Polly le hacía profundas y sutiles preguntas con el objeto de sonsacarle revelaciones comprometedoras.

—Tom, hacía bastante calor en la escuela, ¿no es cierto?

—Sí, tía.

—¿Y no sentiste deseos de ir a nadar, Tom?

—No, tía. Bueno, no mucho.

La anciana estiró la mano, tocó la camisa de Tom y dijo:

—Sin embargo, no estás muy acalorado ahora.

Y quedó muy satisfecha por haber descubierto que la camisa de Tom estaba seca, sin que nadie notase que ésta había sido su intención desde el primer momento. Pero, a pesar de su disimulo, Tom ya sabía de qué lado soplaba el viento. Así que, sin mayor esfuerzo de imaginación, conocía la siguiente maniobra.

—Algunos de los muchachos nos mojamos la cabeza —dijo—.

—La mía todavía está húmeda. ¿Ve?

La tía Polly quedó contrariada al pensar que había pasado por alto ese detalle tan importante.

Tom no era el niño modelo del pueblo, pero conocía muy bien al que todos consideraban como tal, y lo odiaba.

No habían pasado dos minutos, o quizá menos, cuando ya había olvidado todas sus preocupaciones. A pesar de que para él eran tan pesadas y amargas como lo son las de otra índole para un hombre, otro nuevo y poderoso interés lo absorbía y alejaba las penas de su mente por ese instante. Se trataba nada menos de una importante novedad en materia de silbidos que acababa de enseñarle un negro, y estaba deseando practicar con tranquilidad.

Consistía en una peculiar variación semejante a un trino de pájaro como gorjeo, que se producía al tocar con la lengua el paladar a cortos intervalos, en medio de la música. El lector probablemente recordará cómo se hace, si lo practicó cuando fue niño. Con paciencia y atención pronto logró la habilidad para ejecutarlo con verdadera maestría, y así continuó su caminata con la boca llena de armonía y el corazón pleno de gratitud y contento.

Las tardes de verano eran largas. Aún no había anochecido. De repente, Tom contuvo su silbido. Un extraño estaba ante sus ojos: era un muchacho un poco más grande que él. Cuando un recién llegado de cualquier edad o sexo se presentaba en el pobre y miserable pueblo de San Petersburgo, era objeto de inusitada curiosidad. Este muchacho estaba bien vestido, demasiado bien vestido para un día de semana. Llamaba la atención. Ninguno de los muchachos habló. Si uno se movía, el otro hacía lo mismo, pero solamente de lado, haciendo rueda; se miraron todo el tiempo cara a cara y con lo ojos fijos el uno en el otro. Finalmente, Tom exclamó:

—¡Yo te puedo pegar!

—¿Por qué no haces la prueba?

—¡A que no!

Hubo una pausa embarazosa. Después Tom dijo:

—¿Cómo te llamas?

—¿Qué importa?

—¿Y si hago que me importe?

—¡Pruébalo, pruébalo, pruébalo! ¡Ahí está!

—¡Ah! Te crees muy vivo, ¿no es cierto? Si quisiera, te podría dar una paliza con una mano atada atrás.

—Bueno, ¿por qué no lo haces? Tú dices que puedes.

—Puedo y lo haré si sigues haciéndote el tonto.

—¡Yo hago lo que se me antoja!

—Te crees importante, ¿no es cierto? ¡Oh, qué sombrero!

—¡Si no te gusta, paciencia! Te desafío a que me lo quites; cualquiera que acepte el desafío tendrá que vérselas conmigo.

—¡Eres un engreído!

—Y tú otro.

—¡Retírate de aquí!

—¡Retírate tú si quieres!

—Yo no.

—Ni yo tampoco.

Tom dibujó una línea en el polvo con el dedo grande del pie y agregó:

—Te desafío a pararte sobre esta línea: si lo haces, te aseguro que recibirás la gran paliza. Cualquiera que acepte el desafío se las verá muy mal.

El otro muchacho se paró prontamente sobre la línea y respondió:

—Dijiste que lo harás; veremos si es cierto.

—No te apresures; ten cuidado.

—Dijiste que me ibas a pegar. ¿Por qué no lo haces?

—¡Te juro que por dos centavos lo haría!

El recién llegado sacó dos monedas del bolsillo y se las ofreció con burla. Tom, de un manotón las tiró al suelo. En un instante los dos muchachos estaban dando vueltas y revolcones por tierra, trenzados como gatos; por espacio de un minuto se tiraron del cabello y se destrozaron la ropa, dándose trompadas y arañazos y cubriéndose ambos de polvo y de gloria. De repente, en el torbellino de la batalla, Tom apareció sentado a horcajadas sobre el nuevo muchacho y golpeándolo con los puños.

—Grita "basta" —le dijo.

El muchacho sólo luchaba por zafarse. Estaba llorando de rabia.

—Grita "basta" —repitió y los golpes continuaron.

Por último, el desconocido consiguió balbucear "¡Basta!", y Tom lo dejó, replicando:

—La próxima vez ten cuidado con quien te metes.

El desconocido se fue sacudiéndose el polvo de la ropa y sollozando; de vez en cuando se daba vuelta y movía la cabeza, al tiempo que amenazaba a Tom con lo que iba a hacerle "la próxima vez que lo encontrara". Tom respondió con burlas y muy orgulloso reanudó su marcha.

Pero a penas se dio la vuelta, el otro muchacho tomó una piedra del camino y se la tiró a Tom, pegándole en la espalda; después echó a correr con la velocidad de un gamo.

Tom persiguió al traidor hasta su casa, y así pudo averiguar dónde vivía.

Tom se fue y llegó a casa bastante tarde. A pesar de que trepó cautelosamente por la ventana, su tía, que le tenía preparada una emboscada, le pescó *in fraganti.* Al ver el estado de su ropa, la resolución tomada anteriormente de convertir su vacación del sábado en cautividad con trabajos forzados se hizo más firme aún e irrevocable.

Capítulo II

Llegó la mañana del sábado, una de esas mañanas frescas y luminosas de verano en que la naturaleza rebosa vida. Había una canción en cada corazón, y si el corazón era joven, la música brotaba de los labios en una melodía. Brillaba la alegría de los rostros y el cuerpo brincaba a cada paso. Las acacias en flor perfumaban con su fragancia el ambiente.

Tom apareció en la acera de su casa con un cubo de pintura y un largo pincel. Contemplando la cerca, toda su alegría se desvaneció, para dar lugar a una honda melancolía que se fue apoderando de su espíritu. ¡Treinta metros de cerca de dos metros de altura! La vida le pareció hueca, y la existencia una carga difícil de soportar.

Jim salió a la puerta haciendo cabriolas, con un balde y tarareando una canción. Traer agua de la bomba que surtía al pueblo siempre le había parecido a Tom un trabajo antipático, pero en ese momento su punto de vista varió. Pensaba que encontraría compañeros junto a la bomba.

—Oye, Jim; yo voy a buscar el agua si tú me ayudas a pintar un poco.

Jim movió la cabeza y replicó:

—No puedo, amito Tom. Mi ama me dijo que trajese el agua y no perdiera tiempo. También me previno que, a lo mejor, el amito Tom me pedía que pintase la cerca, pero que no fuera a hacerlo y sólo me ocupara de mis obligaciones, que ella se ocuparía de lo demás.

—¡Oh, no te importe lo que ella dijo, Jim! Tú sabes que siempre repite lo mismo. Dame el balde; no voy a demorar ni un minuto. Mi tía ni siquiera se va a enterar.

—¡Ay, no me atrevo, amito Tom! Si mi ama se entera me va a sacar la cabeza. ¡Ya me ha amenazado varias veces!

—Jim te doy una canica si me ayudas...

Jim comenzó a vacilar.

—¡Es una canica de vidrio, Jim!

—Y, además, si lo haces te muestro mi dedo enfermo.

Jim era humano; y la tentación demasiado grande. De repente comenzó a correr con su balde, temblando de miedo. Tom estaba pintando con vigor, y la tía Polly se retiraba del lugar con una zapatilla en la mano y la satisfacción del triunfo reflejado en los ojos.

Pero la energía de Tom no duró mucho. En estos atribulados y tristes momentos tuvo una inspiración. Nada menos que una grandiosa y magnífica inspiración.

Tomando el pincel, comenzó tranquilamente a trabajar. Al rato distinguió a Ben Rogers, precisamente el muchacho cuyas burlas más había temido. Ben venía saltando y brincando, prueba evidente de que su alegre corazón se anticipaba ya a pasar una tarde espléndida. Venía comiendo una manzana y a intervalos daba órdenes de mando seguidas de un din-don, din-don, pues imitaba un barco de vapor. Al acercarse aminoró la marcha, tomó el medio de la calle, inclinóse a estribor y volvió la proa pesadamente y con gran aparato, dando a todos los detalles la importancia requerida, pues pretendía ser nada menos que el "Gran Misuri", con un calado de nueve pies. Él era vapor, capitán y maquinaria, todo combinado, así que se imaginaba estar en el puente de comando, impartiendo órdenes y ejecutándolas al mismo tiempo.

—¡Atención al timón! ¡Listas las amarras! ¡Alto las máquinas! ¡Tilín, tilín! ¡Chuf, chuf! —dijo por último imitando las válvulas de escape.

Tom continuó pintando, sin prestar atención al vapor. Ben observó un momento y prorrumpió:

—¿Qué tal? Ocupado, ¿eh?

No tuvo respuesta.

—¡Hola Tom! Tienes que trabajar, ¿eh?

—¡Ah, eres tú, Ben! No te había visto. ¿A qué llamas trabajar?

—A lo que tú haces.

Tom reanudó su tarea.

—¡Oh, vamos! ¡No vas a decirme que te gusta!

El pincel continuó moviéndose.

—¿Qué si me gusta? No veo por qué no ha de gustarme. ¿Acaso todos los días se presenta la oportunidad de pintar una cerca?

Esto cambiaba por completo las cosas. Ben dejó de morder su manzana.

—Oye, Tom, déjame pintar un poco.

—No, no. Es imposible, Ben. Tía Polly es muy exigente con esta cerca que da a la calle.

—¡No me digas! Vamos, déjame probar aunque sea un poquito. Yo te dejaría si estuviera en tu lugar, Tom.

—Te juro que si fuera por mí no habría inconveniente, Ben; pero la tía Polly... Imagínate que Jim quería hacerlo, pero no lo dejó. Sid también y tampoco lo dejó. ¿Te das cuenta de la posición en que me encuentro? Si yo te dejara y no lo hicieras bien...

—Por favor, Tom, voy a tener mucho cuidado, Déjame probar. Mira; te doy un pedazo de mi manzana.

—Este... ¡Bueno, toma! No, Ben; no puedo. Tengo miedo.

—¡Te doy toda la manzana!

Tom le entregó el pincel de mala gana, aparentemente, pero gozando en su interior.

No faltaron víctimas; otros muchachos fueron llegando de tanto en tanto. Venían a burlarse; pero se quedaban a pintar. Cuando Ben quedó extenuado, Tom ya había cedido el turno a Billy Fischer a cambio de un barrilete; y cuando Billy terminó, Johnny Miller le compró el derecho de pintar por una rata muerta y el piolín para columpiarla, continuando así el desfile hora tras hora. Cuando llegó la tarde, Tom se encontró con que había pasado de una pobreza franciscana a una magnífica opulencia.

Había pasado una tarde descansada, agradable con bastante compañía, y la cerca tenía ya tres manos de pintura.

Tom ya no pensaba que la vida era hueca y vacía. Había descubierto, sin saberlo, una ley fundamental de la vida humana: la de que, para que un hombre o un niño ansíen algo, sólo es necesario que ello sea difícil de obtener.

El muchacho meditó un rato sobre el cambio fundamental que se opera en las personas según las circunstancias, y luego se dirigió al cuartel mayor a dar cuenta de los hechos.

Capítulo III

Tom se presentó ante la tía Polly, que se hallaba sentada junto a una ventana abierta, en una alegre habitación del fondo que era a la vez dormitorio, comedor y escritorio.

—¿Puedo ir a jugar ahora, tía? —preguntó.

—¿Cómo tan pronto? ¿Cuánto has pintado?

—Está todo hecho, tía.

La tía Polly no podía dar crédito a las palabras. Salió para comprobarlo, y se habría considerado dichosa de encontrar aunque fuera un veinte por ciento de verdad en lo que Tom decía. Cuando vio toda la cerca, no solamente blanqueada con cuidado, sino con dos o tres manos de pintura, y hasta una franja agregada en la parte inferior, quedó muda de asombro.

—¡Es increíble! No hay vuelta que darle: tú sabes trabajar cuando quieres, Tom. Es cierto que son muy pocas las veces que quieres. Bueno, anda a jugar, pero te prevengo que si tardas una semana en volver te daré una buena tunda.

Tom dio vuelta a la manzana y llegó a un callejón cenagoso que conducía al establo donde guardaba su vaca la tía Polly. En seguida se puso fuera de peligro echando a correr hacia la plaza del pueblo, donde "dos compañías militares" de muchachos se habían dado cita para sostener un batalla campal. Las fuerzas dirigidas por Tom lograron una gran victoria, después de un recio y largo combate. Luego contaron los muertos, cambiaron prisioneros y arreglaron los términos para la próxima batalla, así como también el día en que tendría lugar, hecho lo cual se dispersaron. Tom emprendió la vuelta hacia su casa.

Cuando pasaba por la casa de Jeff Thatcher vio a una chica desconocida en el jardín; era una encantadora criatura de ojos celestes y trenzas rubias, vestida con un vaporoso trajecito blanco.

Instantáneamente nuestro héroe sucumbió a sus encantos. Cierta personita llamada Amy Lawrence desapareció de su corazón. Durante meses se había dedicado a su conquista; unos días había sido el muchacho más feliz, y ahora, en un momento, la había hecho salir de su corazón sin siquiera un adiós.

Continuó adorando con la mirada a esta seráfica aparición hasta que notó que la pequeña había advertido su presencia; entonces, pretendió no haberla visto, comenzó a hacer gala de habilidades en forma absurda e infantil, con el objeto de ganar su admiración. Cuando estaba en lo mejor de una de sus acrobáticas piruetas, observó que la pequeña dirigía sus pasos hacia la casa.

Al rato volvió y empezó a rondar la cerca hasta la caída de la tarde luciendo sus habilidades como antes; pero la niña no apareció más, no obstante, Tom se consolaba un poco con la esperanza de que estuviese cerca de una ventana mirándolo. Por último, de mala gana, decidió retornar a su casa, con la cabeza llena de fantasías.

Durante la comida su comportamiento fue tan extraño que su tía en más de una ocasión se preguntó: "¿Qué le habrá pasado a este muchacho?"

La tía Polly dirigióse enseguida a la cocina, ocasión que aprovechó Sid para extender la mano y tomar el azucarero, mientras Tom observaba sus movimientos con ansiedad. El azucarero resbaló de entre los dedos de Sid y cayó al suelo, donde se hizo pedazos. Tom quedóse en suspenso; era tal su alegría que logró dominarse y no pronunciar palabra. El poderoso brazo se levantaba ya para golpear nuevamente, cuando Tom gritó:

—¡Por favor, tía! ¿Por qué me pegas? ¡Sid lo rompió! La tía Polly se detuvo perpleja, y Tom la miró, esperando un gesto compasivo. Pero cuando la anciana recobró el habla, lo único que dijo fue:

—¡Hum! Bueno, con seguridad que igual te lo merecías por todas las picardías que habrás hecho cuando estaba ausente.

Después, su proceder injusto le remordió la conciencia; deseaba decirle algunas palabras amables y cariñosas, pero pensó que eso sería confesar su error, y la disciplina lo prohibía. Así que guardó silencio y se dedicó nuevamente a sus tareas con el corazón lleno de pena. Tom, malhumorado en un rincón, magnificó sus penas. Estaba tan sumido en la meditación de sus propios sinsabores, que no podía permitir que ninguna alegría mundana o cruda satisfacción se mezclaran en ellos; eran demasiado sagrados para permitirlo.

Vagó lejos de las acostumbradas guaridas de los muchachos y buscó lugares desolados más en armonía con su estado espiritual. Por último se levantó suspirando y se perdió en la oscuridad de la noche.

Alrededor de las nueve y media o diez llegó a la calle desierta donde vivía la adorada desconocida. Titubeó un momento; no se oía ni un ruido. La tenue luz de la vela se advertía tras una ventana del segundo piso. ¿Estaría allí la sagrada presencia? Saltó la cerca y cautelosamente se abrió paso entre las plantas hasta quedar parado bajo la ventana. Miró hacia arriba durante un largo rato con emoción contenida y después se acostó de espaldas en la hierba, con las manos sobre el pecho sosteniendo su marchita flor. Así moriría, con el cielo sobre su cabeza, sin un techo que cobijara su orfandad, sin una mano amiga que secara de su frente el sudor de la muerte, sin una cara amante que se inclinara para consolarlo cuando llegara el momento de la agonía.

La ventana se abrió; la voz discordante de una criada profanó la solemne calma de la noche, y un verdadero diluvio de agua empapó los restos del mártir.

Al poco rato, cuando Tom, ya desvestido para acostarse, examinaba sus ropas empapadas a la luz de una vela, Sid se despertó; pero, si tuvo la más remota idea de hacer referencia a "hechos pasados", lo pensó mejor y se quedó quieto, pues la mirada de Tom era muy poco amistosa.

Por último, nuestro personaje se acostó sin haber dicho sus oraciones, y Sid tomó nota de la falta.

Capítulo IV

El sol apareció en el horizonte sobre un mundo tranquilo, iluminando con sus rayos la apacible aldea como una bendición. Después del desayuno, la tía Polly reunió a toda la familia para el rezo matinal. Éste comenzó con una oración sacada de las Sagradas Escrituras, a la que siguieron algunas reflexiones propias; luego recitó un imponente capítulo del Sermón de la Montaña, cual un nuevo Moisés en el Monte Sinaí.

Tom juntó todas sus energías para recordar cinco versículos; había elegido parte del Sermón de la Montaña, porque no encontró otros más cortos. A la media hora no tenía más que una vaga idea de sus lecciones, pues su mente estaba muy lejos de lo que trataba de aprender, y sus manos ocupadas en otras distracciones. Mary cogió el libro para tomarle la lección.

—¡Ah, muchacho cabeza dura! No te desanimes; estoy segura de que los aprenderás; y si lo haces, te prometo regalarte algo que te va a gustar. ¡Vamos, haz lo que te digo!

—Tienes razón, Mary, voy a estudiarlos de nuevo.

Así lo hizo, y con el doble incentivo de la curiosidad y la recompensa prometida estudió con tanto entusiasmo que logró un éxito rotundo. Mary le regaló una navaja Barlow nueva, de doce centavos; su alegría era tal que no encontró palabras de agradecimiento. Tom hizo algunos tajos en la madera del aparador y ya estaba por hacer lo mismo con el escritorio, cuando lo llamaron para vestirse y asistir a la clase de catecismo.

Mary le alcanzó una palangana con agua y un trozo de jabón, y Tom salió con ésta y la colocó encima de un banco; después de mojar el jabón, lo dejó a un lado; se arremangó el saco, volcó el agua en el césped y volvió a la cocina, secándose afanosamente la cara con la toalla que había detrás de la puerta. Pero Mary, quitándosela, le dijo:

—¿No te da vergüenza, Tom? ¡Qué malo eres! El agua no te hará daño.

Tom quedó desconcertado. La palangana fue llenada nuevamente, y esta vez Tom pensó un rato antes de tomar una resolución; por último, suspirando, comenzó a lavarse. Mary se hizo cargo de la tarea que siguió, y cuando terminó Tom presentaba un nuevo aspecto. No había ya dudas sobre el color de su cutis; su cabello estaba bien peinado y sus rizos cuidadosamente arreglados. Después Mary sacó del ropero el traje que Tom sólo usaba los domingos, y que se llamaba simplemente "el otro traje"; por este detalle nos podemos dar cuenta de la variedad de su guardarropa. Quedó así muy elegante, pero se sentía incómodo, con la cara tan limpia y tieso dentro de su ropa. Deseaba de todo corazón que Mary se olvidara de los zapatos, pero su esperanza quedó frustrada; la niña los sacó y les dio una mano de sebo, como tenía por costumbre. Entonces Tom perdió la paciencia y dijo que siempre lo obligaban a hacer lo que no quería. Mary trató de convencerlo con palabras persuasivas:

—Por favor, Tom. Sé bueno.

Tom, rezongando, se calzó los zapatos. Mary estuvo pronto lista y los tres chicos salieron para la escuela dominical, lugar que Tom odiaba de todo corazón y que Sid y Mary apreciaban.

En la puerta, Tom se separó del grupo y preguntó a un compañero que iba bien vestido también con su traje dominguero.

—Oye, Bill ¿no tienes un bono amarillo?

—Sí.

—¿Me lo cambiarías?

—¿Qué piensas darme por él?

—Un dulce y un anzuelo.

—Déjame verlos.

Tom se los mostró. El muchacho quedó satisfecho, y el negocio fue resuelto en el acto. Después Tom cambió dos canicas por tres bonos rojos y otras chucherías por dos azules. Durante diez o quince minutos más continuó deteniendo a cuanto muchacho llegaba y comprando bonos de todos colores.

Todos los compañeros de Tom eran iguales: inquietos, traviesos y peleadores. Cuando les llegaba el turno de recitar su lección ni uno de ellos la sabía bien, y siempre debían ser ayudados.

El superintendente era delgado, de unos treinta y cinco años; usaba barba en el mentón y tenía el cabello entrecano; llevaba cuello almidonado, duro y alto hasta las orejas. que le obligaba a mantener la cabeza tiesa y dar vuelta a todo el cuerpo cuando quería mirar hacia los costados. La barbilla le quedaba casi oculta por una enorme corbata ancha y larga con los extremos desflecados, y los zapatos tenían las puntas arqueadas como una góndola, según la moda: efecto logrado con paciencia gracias a estar sentado durante horas con las puntas apretadas contra la pared. El señor Walters tenía el semblante serio, y era muy sincero y honesto; reverenciaba de corazón las cosas y lugares sagrados, a los que consideraba tan incompatibles con los asuntos terrenales que hasta su voz de los domingos en la escuela era diferente de la de los días ordinarios. En este tono comenzó diciendo:

—Ahora, niños míos, deseo que todos se queden muy quietecitos en sus asientos y me presten atención por uno o dos minutos. Desde aquí veo a una niñita entretenida en mirar por la ventana; quizá crea que estoy afuera subido a algún árbol y emitiendo un discurso para los pájaros (risas ahogadas). Quiero decirles la satisfacción que me produce ver reunidas tantas caritas frescas y alegres en un lugar como éste, aprendiendo a obrar bien y a ser buenos...

La parte final del discurso se malogró por haberse suscitado discusiones y murmullos entre los chicos más traviesos. Una buena parte de los cuchicheos se debía a la entrada de personas desconocidas, hecho muy poco común en San Petersburgo. Los visitantes fueron ubicados en el sitio de honor y tan pronto como el señor Walters terminó su discurso, los presentó a la escuela. El caballero resultó ser un gran personaje: nada menos que un juez de distrito, la personalidad de jerarquía más elevada que en su vida habían conocido los chicos, que lo miraban estupefactos, como queriendo descubrir si en realidad era un hombre de carne y hueso como los demás mortales. El recién llegado era de Constantinopla, pueblo situado a doce millas del lugar, y, por lo tanto, era un viajero y conocedor del mundo.

Todos en la clase deseaban llamar la atención, y comenzaron entonces los esfuerzos para hacerse notar. El señor Walters impartía órdenes a diestra y siniestra, al mismo tiempo que desplegaba una actividad poco común. Las niñas y los niños procurando en todas las formas ser el centro de atención, comportábanse de manera muy extraña, y la atmosfera estaba cargada con el murmullo de discusiones ahogadas. Mientras tanto, el gran hombre prodigaba sonrisas por todas partes, calentándose al sol de su propia grandeza, pues él, como todos, también estaba "dándose importancia". Sólo una cosa faltaba para que la felicidad del señor Walters fuese completa: la oportunidad de entregar una Biblia de premio y exhibir un prodigio.

Cuando ya había perdido todas las esperanzas, se adelantó Tom Sawyer con nueve bonos amarillos, nueve rojos y diez azules, solicitando una Biblia. ¡Fue como un trueno en el cielo límpido! El señor Walters no hubiera esperado tamaña sorpresa ni siquiera en diez años. Pero no había duda; ahí estaban los bonos, y se veía a las claras que no eran falsificados. Colocaron entonces a Tom en un lugar junto al juez, novedad increíble que se anunció con gran pompa. Éste era el hecho más sorprendente de la década; y tan profunda era la sensación de asombro que el nuevo héroe quedó a la altura del juez, y la escuela tenía ahora dos maravillas para poder contemplar, en vez de una. A los muchachos los consumía la envidia; pero los que sufrieron más fueron aquellos que sin darse cuenta habían contribuido a ese triunfo, al cambiar bonos por los objetos que Tom había conseguido vendiendo el privilegio de pintar la cerca. En lo más íntimo de su ser se despreciaban al comprobarse víctimas de un astuto fraude.

El superintendente entregó el premio a Tom con tanta efusión como podía expresar en tales circunstancias; pero su actitud no era sincera, ya que el instinto del pobre hombre le decía que en eso había gato encerrado, era simplemente absurdo que ese muchacho hubiera podido aprender dos mil versículos de las Sagradas Escrituras, cuando una docena era el máximo que su capacidad le permitía. Amy Lawrence estaba orgullosa y trató de que Tom lo notase, sin el menor resultado pues éste no la miró ni una sola vez, lo que la dejó pensativa. Luego pareció preocupada; más tarde una sospecha la acosó, rechazándola enseguida, pero sin conseguir alejarla del todo. Comenzó entonces a observar a su alrededor, y una mirada furtiva confirmó sus sospechas más que las propias palabras. Las lágrimas se agolparon a sus ojos, y con el corazón destrozado, celosa y enojada, creyó odiar a todos, en especial a Tom, que tanto la hacía sufrir con su inconstancia.

Cuando Tom fue presentado al juez, quedó tan impresionado que su lengua se trabó y el corazón parecía querer salírsele del pecho; eran demasiadas emociones juntas; el juez le preguntó su nombre. El chico tartamudeó, vaciló un instante y finalmente dijo:

—Tom.

—¡Oh, no! Tu nombre no es Tom. Es...

—Tomás.

—Muy bien. Pero me imagino que tienes apellido también.

—Dile al caballero tu apellido, Tomás —agregó el señor Walters—, y cuando hables di "señor". No debes olvidar buenos modales.

—Tomás Sawyer, señor.

—¡Eso es! ¡Excelente, chico! ¡Excelente! Dos mil versículos es mucho aprender, muchísimo. Ahora desearía que me dijeras algo de las cosas que aprendiste. Indudablemente, sabes muy bien los nombres de los doce discípulos. ¿Podrías decirme los nombres de los dos primeros que fueron elegidos?

Tom jugaba con un botón de su saco, nervioso y atribulado. Se sonrojó y miró al suelo. El señor Walters pasaba por momentos de verdadera angustia. ¿Por qué se le habría ocurrido al juez interrogarlo? ¿Era posible que esa criatura no pudiera contestar a la más sencilla de las preguntas? Demasiado bien sabía que era así; pero, con todo, se sintió obligado a hablar:

Capítulo V

A las diez y media, más o menos, la vieja campana del templo comenzó a sonar, y muy pronto los feligreses se reunieron para oír el sermón de la mañana. Los niños de la escuela dominical se ubicaron en diferentes lugares junto a sus respectivas familias. Cuando llegó la tía Polly, Tom, Sid y Mary se sentaron con ella; a Tom lo colocaron lo más lejos posible de la ventana abierta y del paisaje seductor que desde allí se contemplaba. Pronto la iglesia quedó llena.

El pastor comenzó la lectura del himno en un estilo particular que era admirado en esta parte del país. Empezaba a leer en un tono de voz mediano e iba aumentando el volumen hasta llegar al máximo casi que le permitían sus cuerdas vocales, recalcando al mismo tiempo con énfasis la última palabra y dejando inmediatamente caer la voz como desde un trampolín, para finalizar el verso.

Se le tenía por un magnífico lector.

Después de que se cantó el himno, el reverendo señor Sprague comenzó la lectura del boletín, indicando las fechas de las próximas reuniones y alargando la lista hasta hacerla interminable.

A continuación el pastor oró. Era una de esas plegarias abundantes, generosas y detallistas.

El pastor citó el texto sobre el cual versaría su sermón y prosiguió con voz monótona sobre un argumento tan insulso que pronto muchos fieles comenzaron a cabecear. Su discurso trataba sobre el fuego eterno y los pobres condenados, pero redujo a un número tan escaso los predestinados a la gloria, que casi no valía la pena salvarlos. Tom contó las páginas del sermón; al final sabría, como siempre, el número de éstas, pero ni una palabra de lo que se había tratado.

Después perdió de nuevo el interés que tenía en el árido argumento que con tanta efusividad exponía el pastor. De repente se acordó de un tesoro que poseía y lo sacó del bolsillo. Se trataba de un gran escarabajo negro con formidables mandíbulas, que tenía dentro de una cajita de cápsula de fusil. Lo primero que hizo el insecto fue picarle en un dedo. El muchacho instintivamente dio un manotón y el insecto cayó en medio de la nave, panza arriba, mientras Tom metía su dolorido dedo en la boca. El escarabajo quedó allí haciendo esfuerzos desesperados por darse vuelta, mientras Tom lo miraba deseando tenerlo nuevamente en su poder, pero esto era imposible, pues estaba fuera de su alcance. Otras personas que no se hallaban muy interesadas en el sermón encontraron un motivo de entretenimiento observando al insecto.

De pronto un perro lanudo entró perezosamente, agobiado por el fuerte calor de la mañana y las horas de encierro, buscando algún suceso interesante que lo sacara de su aburrimiento. Al descubrir el escarabajo irguió la cola y comenzó a moverla con entusiasmo. Por último se cansó e indiferente y distraído comenzó a cabecear, dejando caer poco a poco el hocico hasta tocar al enemigo que con fuerza se prendió de él. El perro lanzó un estridente ladrido y movió con tal violencia la cabeza que el escarabajo fue a dar a varios metros de distancia, patas arriba nuevamente. A poco, cansado, trató de divertirse con una mosca sin lograrlo; siguió a una hormiga con la nariz pegada al suelo y pronto también se aburrió de esto; bostezó, suspiró, se olvidó por completo del escarabajo y se sentó sobre él. Inmediatamente lanzó un aullido de desesperación y emprendió una vertiginosa carrera por la iglesia, cruzando las naves y el altar mayor con la rapidez de un rayo, convertido en un cometa fuera de su órbita. Por fin, el frenético animal desvió su rumbo y saltó a la falda de su dueño, quien lo arrojó por la ventana; pronto los aullidos se fueron perdiendo en la distancia.

A todo esto, los fieles mostraban el rostro congestionado por la risa, y el sermón tuvo que ser suspendido a causa del barullo. En cuanto el pastor pudo recobrarse de su sorpresa, reanudó el discurso; pero éste había perdido su fuerza de convicción y toda posibilidad de impresionar, pues aun los más profundos pensamientos eran recibidos con risas sofocadas, como si el pobre hombre hubiera dicho algo sumamente chistoso. Fue un alivio para todos cuando el servicio terminó y se echó la bendición.

Tom Sawyer volvió a su casa contentísimo.

Capítulo VI

El lunes por la mañana Tom Sawyer estaba muy triste. Éste era un hecho común, pues comenzaba otra semana de lento sufrimiento en la escuela.

Tom, acostado, pensaba. De repente se le ocurrió que sería muy bueno enfermarse, porque así podría faltar a la escuela. Por lo menos, había una probabilidad. Pasó un rato sin que nada se presentase, y después recordó una conversación del médico, en la que éste hablaba sobre cierta enfermedad que postraba al paciente por dos o tres semanas, con el peligro constante de perder un dedo. Impaciente, sacó el pie de entre las sábanas y observó su dedo lastimado. Desgraciadamente no sabía cuáles eran los síntomas de la enfermedad. A pesar de ello bien valía la pena intentarlo, de modo que comenzó a gemir con verdadera desesperación.

Tom aumentó sus lamentos, y puso tanta sinceridad en los quejidos que hasta le pareció que el dedo comenzaba a dolerle. Sid ni se inmutó.

Tom creyó agravarse y gritó: "¡Sid! ¡Sid!", al tiempo que sacudía con fuerza al chicuelo. Este procedimiento surtió efecto y Tom comenzó nuevamente a quejarse. Sid bostezó, desperezóse tranquilamente y por fin se incorporó sobre un codo, mirando fijamente a Tom, que no había cesado sus ayes de dolor.

—¡Tom! ¡Oye, Tom!

No recibió respuesta.

—¡Oye, Tom! ¡Tom! ¿Qué te pasa?

Y lo sacudió vigorosamente, observándolo con ansiedad.

Tom logró murmurar.

—¡Por favor, Sid, no me muevas!

—¿Pero qué te ocurre, Tom? Voy a llamar a mi tía.

—No, no tiene importancia. Ya se me pasará poco a poco. No llames a nadie.

—¡Debo hacerlo! No te quejes así, Tom, es terrible. ¿Hace mucho que sufres?

—Horas. ¡Ay! No me sacudas tanto, Sid, vas a matarme.

Sid voló escaleras abajo gritando:

—¡Tía Polly, venga! ¡Tom se está muriendo!

—¿Muriendo?

—¡Sí, tía! ¡No pierda ni un minuto, corra!

—¡Tonterías! ¡No lo creo!

Pero, a pesar de ello, subió las escaleras, con Sid y Mary que la seguía.

—¿Pero qué tienes, criatura, qué te sucede?

—¡Ay, tía, me duele el dedo del pie!

La anciana se desplomó en la silla, llorando y riendo al mismo tiempo. Esto la calmó un poco, y luego dijo:

—Bueno, ¡basta ya de payasadas! Cállate la boca y levántate de una vez.

—¡Ay, tía, hasta hace un momento creía que me dolía mucho, tanto que hasta me olvidé del diente!

—¿Del diente?, ¿y qué le pasa a tu diente?

—Tengo uno flojo y me duele muchísimo.

—Bueno, bueno; pero no empieces otra vez a quejarte. Abre la boca. Es cierto, tiene un diente flojo, pero por eso no vas a morirte. Mary, tráeme una hebra de hilo y un tizón encendido de la cocina.

Los instrumentos de cirugía dental ya estaban listos y la anciana ató una punta del hilo al diente de Tom y la otra a un barrote de la cama. Luego acercó bruscamente el tizón a la cara del muchacho, rozándolo casi. Tom, sorprendido, echó la cabeza hacia atrás y el diente quedó colgado del barrote.

Pero todas las penas tienen su compensación. Cuando Tom, después del desayuno se dirigió a la escuela, provocó la envidia de todos los muchachos que encontró a su paso, pues la falta del diente le permitía escupir en una forma nueva y admirable.

Después Tom se encontró con el paria infantil de la aldea, Huckleberry Finn, hijo del borracho del pueblo. Huckleberry era cordialmente odiado y temido por todas las madres del lugar, porque era haragán, desordenado, ordinario y travieso, pero sobre todo porque sus hijos lo admiraban, y disfrutaban mucho en su prohibida compañía, deseando en lo más íntimo del corazón atreverse a ser como él. Tom, como el resto de los muchachos respetables, envidiaba a Huckleberry su condición de proscrito social y tenía órdenes estrictas de no jugar con él. Por eso lo hacía en cuanta oportunidad se le presentaba. En una palabra, poseía todo lo que se necesita para hacer la vida feliz. Al menos así pensaban los muchachos respetables de San Petersburgo que no gozaban de estos privilegios. Tom saludó al romántico paria:

—¡Hola, Huckleberry!

—¿Qué tal, Tom? ¿Te gusta lo que tengo?

—¿Qué es eso?

—Un gato muerto.

—Déjame verlo, Huck. ¡Qué tieso está! ¿Dónde lo conseguiste?

—Se lo compré a un chico.

—Oye, Huck, ¿para qué sirven los gatos muertos?

—¿No sabes? Para curar verrugas.

—Pues toma el gato y lo llevas a medianoche al cementerio, al lugar donde alguna persona muy mala ha sido enterrada; a esa hora uno o dos diablos vienen a llevársela: tú no puedes verlos, sino que oyes sólo algo que parece el viento y algunas veces notas que hablan; entonces, cuando se están llevando al hombre, levantas al gato y dices: "Diablo, sigue al muerto; gato, sigue al diablo; verruga, sigue al gato, yo he terminado contigo". ¡Esto te quita cualquier verruga!

—¡Es muy posible! ¿Alguna vez lo has probado, Huck?

—No, pero me lo dijo mamá Hopkins.

—Entonces tiene que ser verdad, porque dicen que es bruja.

—Oye, Huck, ¿cuándo vas a probar con el gato?

—Hoy. Creo que los diablos van a buscar a Hoss Williams esta noche.

—Pero lo enterraron el sábado. ¿No crees que se lo habrá llevado el sábado por la noche?

—¡Mira que hablas tonterías! ¿Cómo pueden usar su maleficio a medianoche si al otro día es domingo? Los diablos no andan sueltos los domingos, me parece.

—No había pensado en eso. Es verdad. Déjame ir contigo.

—Ven, si es que no tienes miedo.

—¡Miedo! ¡Ni un poquito! ¿Maullarás?

—Sí, y tú me contestas con otro maullido, si puedes. La última vez me tuviste maullando hasta que el viejo Hays me tiró unas piedras diciendo: "¡Maldito gato!", y entonces yo le rompí un vidrio de un ladrillazo, pero no se lo cuentes a nadie.

Cuando Tom llegó a la aislada casita donde estaba la escuela, entró apresuradamente con el aire de quien ha tenido mucha prisa por llegar. Colgó el sombrero en la percha y se sentó en el banco adoptando un actitud seria y reservada. El maestro, sentado en un gran sillón puesto sobre una tarima, cabeceaba arrullado por el canturreo del silencio. La interrupción lo despertó:

—¡Tomás Sawyer!

Tom sabía que cuando lo llamaba por su nombre completo era un funesto presagio.

—¡Señor!

—Ven aquí. Dime, jovencito, ¿por qué has llegado tarde, como de costumbre?

Ya estaba Tom dispuesto a defenderse con una mentira, cuando vio de espaldas dos trenzas rubias que reconoció enseguida gracias a ese fluido magnético que produce el amor; junto a ella había el único lugar desocupado del sector destinado a las niñas. Instantáneamente replicó:

—¡Me quedé hablando con Huckleberry Finn!

Al maestro dejó de latirle el pulso y quedó boquiabierto mirando a Tom. El murmullo del estudio se apagó; los alumnos creyeron por un momento que el pobre desgraciado había perdido la razón. No repuesto aún de su asombro, el maestro preguntó:

—¿Qué has hecho?

—Me quedé hablando con Huckleberry Finn.

No había lugar a dudas.

—Tomás Sawyer, ésta es la confesión más sorprendente que he oído en mi vida; una simple palmada no serviría de escarmiento para tal ofensa. ¡Quítate el saco!

El brazo del maestro cumplió su obligación hasta cansarse sobre las posaderas de Tom y la cantidad de varas disminuyó notablemente. Después llegó la orden:

—¡Ahora, ve a sentarte con la niñas! Y que esto te sirva de escarmiento.

Las risas ahogadas que agitaban la clase parecían avergonzar al muchacho, pero en realidad su confusión provenía de la admiración profunda que experimentaba por su ídolo desconocido y del tan temido placer que su buena fortuna le deparaba. Se sentó en la punta del banco y la niña alejóse de su lado como movida por un resorte, al tiempo que daba la vuelta la cara con desprecio. Codazos, guiños y cuchicheos llenaron el salón, pero Tom se quedó quieto, con los brazos apoyados en el pupitre, haciendo como que estudiaba su lección. Poco a poco la atención se desvió de su persona hacia el estudio y volvió a sentirse el monótono canturreo de los escolares repitiendo en voz alta la lección. De repente el muchacho empezó a echar miradas furtivas a la pequeña. Ella, que lo advirtió, le hizo una morisqueta y dio vuelta a la cabeza por espacio de un minuto. Cuando al rato se volvió con mucha cautela, tenía delante un hermoso durazno. Lo apartó con desdén, pero Tom, gentilmente, se lo acercó de nuevo; la niña lo volvió a apartar, pero ya con menos animosidad. Tom, con toda paciencia lo colocó en su lugar, y entonces ella lo dejó estar. Tom garabateó en su pizarra: "Por favor, tómalo; tengo más". La niña leyó la inscripción, pero no dio señales de haber comprendido.

—¿Cómo te llamas?

—Becky Thatcher. ¿Y tú? ¡Ah, ya sé! Tomás Sawyer.

—Eso es cuando me reprenden. Si me porto bien me dicen Tom. Tú me llamarás Tom, ¿no es cierto?

—Sí.

En seguida Tom comenzó a garabatear algo en la pizarra, escondiendo las palabras para que Becky no las viese. Esta vez ella no estaba enojada y le pidió que le mostrase lo que escribía. Tom replicó:

—¡Oh, no es nada!

—Sí, qué es.

—No, no es nada. Tú no quieres verlo.

—Sí que quiero. De verdad, déjame ver.

—Vas a contarlo.

—No, te juro que no lo voy a contar.

—¿No se lo vas a contar a nadie? ¿Jamás en la vida?

—A nadie en el mundo. Ahora muéstramelo.

—¡Oh, si tú no quieres ver!

—Ya que me tratas así, lo veré a la fuerza.

Y sin más ni más tomó la pizarra con las manos, forcejeando para quitársela. Tom pretendía no querer dársela, pero en realidad iba aflojando poco a poco, hasta que estas palabras estuvieron al descubierto: "Te amo".

—¡Oh, qué malo eres! —le dijo la niña al tiempo que le daba una palmada, pero se sonrojó, y una expresión de contento iluminó su hermosa carita.

En este instante Tom sintió que alguien lo sacaba de una oreja del asiento y lo llevaba hasta su sitio, con la consiguiente alegría de sus compañeros que no podían reprimir la risa.

Cuando el murmullo de la risas se calmó, Tom hizo un inmenso esfuerzo para estudiar, pero su agitación era demasiado grande.

Capítulo VII

Cuanto más trataba Tom de concentrar su mente en el libro, más se alejaban sus ideas. Por último, con un suspiro y un bostezo, desistió de su empeño. Le parecía que la salida de mediodía nunca iba a llegar. La atmosfera estaba cargada. No sentía ni la más leve brisa. Era un día pesado y soñoliento.

Tom deseaba ardientemente estar libre o de lo contrario encontrar algo de interés en qué pasar el tiempo. Luego sacó furtivamente la cajita de cápsulas y soltó una garrapata, que colocó sobre el pupitre.

Un amigo íntimo de Tom que estaba sentado a su lado había sufrido como él horas de aburrimiento y ahora se encontraba muy interesado en ese entretenimiento que se le presentaba. Este amigo íntimo era Joe Harper. Los dos muchachos eran amigos del alma durante la semana y enemigos enconados en las batallas de los sábados. Joe sacó un alfiler de su solapa y empezó a ayudar a Tom a ejercitar al prisionero. El deporte cobró interés momentáneamente. Muy pronto Tom dijo que se estaban molestando mutuamente y que ninguno sacaba completo beneficio de la garrapata, así que tomó la pizarra de Joe e hizo una línea en el medio, de arriba abajo.

—Ahora —dijo—, cuando esté de tu lado la puedes mover, y yo no la tocaré; pero si dejas que pase a mi lado, entonces a mí me toca moverla mientras yo la retenga aquí.

Los muchachos habían estado demasiado entretenidos y no notaron el silencio de la clase un momento antes, cuando el maestro llegó de puntillas y se colocó junto a ellos, contemplando un buen rato el espectáculo antes de participar en él. Cuando al mediodía terminó la clase, Tom corrió hacia Becky Thatcher y le susurró al oído:

—Ponte el sombrero y di que vas a tu casa; cuando llegues a la esquina sepárate de las demás y vuelve, yo iré por el otro lado y después te encontraré.

De acuerdo con lo convenido, cada cual se fue con un grupo de alumnos. Al rato se encontraron, y cuando volvieron a la escuela se hallaron dueños absolutos de ella. Se sentaron juntos con la pizarra delante, y Tom le dio una tiza a Becky, guiándole después la mano hasta dibujar una casita. Cuando el interés por el arte comenzó a disminuir, empezaron a hablar. Tom, que estaba que no cabía en sí de contento, dijo:

—¿Te gustan las ratas?

—¡No, las odio!

—Bueno, yo también, pero vivas.

—¿Has estado alguna vez en un circo? —preguntó Tom.

—Sí, y mi papá me va a llevar de nuevo si me porto bien.

—Yo he ido unas tres o cuatro veces, muchas veces. La iglesia no puede compararse con un circo. Allí uno realmente se divierte.

Dime, Becky, ¿has estado alguna vez comprometida?

—¿Qué es eso?

—Comprometida para casarte.

—No.

—¿Te gustaría estarlo?

—Creo que sí. No sé. ¿Cómo es?

—¡Es lindo! No tienes más que decirle a un muchacho que nunca jamás en la vida vas a querer a nadie más que a él, después lo besas y se acabó. Cualquiera puede hacerlo.

—¿Besarlo?, ¿y por qué hay que besarlo?

—Porque... Tú sabes, porque... En fin, todos lo hacen.

—¿Todos?

—Sí, todos los que están enamorados.

Entonces pasó el brazo alrededor de la cintura de ella y con su boca junto a la oreja de la niña le susurró su declaración de amor. Luego agregó:

—Ahora tú dímelo a mí, en la misma forma.

Él volteó la cara. Ella se inclinó tímidamente hasta agitar con su aliento los rizos de Tom y murmuró:

—Te amo.

Tom la tomó del cuello e imploró:

—Vamos, Becky, ya está todo hecho; todo, menos el beso. No tengas miedo, no es nada. Por favor, Becky.

Y comenzó a tirar del delantal y de las manos.

Poco a poco fue cediendo y dejó caer las manos; el rostro encendido todavía por la lucha quedó al descubierto, y se sometió. Tom besó los labios rojos y dijo:

—Ahora está todo hecho, Becky.

Y siempre que vengas a la escuela o cuando vuelvas a tu casa, yo te acompañaré, si es que nadie nos ve, y en las fiestas tú me eliges a mí y yo a ti, porque así se hace cuando se está comprometido.

—¡Qué lindo! Nunca había oído hablar de estas cosas.

—¡Es muy divertido! Cuando Amy Lawrence y yo...

Los ojazos espantados de la niña le hicieron comprender a Tom su error, y se paró confuso.

Tom trató de abrazarla, pero la pequeña lo empujó y, volviendo la cara hacia la pared, empezó a llorar.

Por último, se sintió arrepentido y comenzó a pensar que quizá él tuviese la culpa. Le resultaba muy duro hacer nuevos intentos ahora, pero se armó de coraje y entró.

—Becky, yo no quiero a nadie más que a ti.

Los sollozos aumentaron y no tuvo respuesta.

Entonces Tom salió y echó a andar en dirección a las colinas que se veían a lo lejos y no volvió ya más a la escuela en todo el día. Becky empezó a sospechar. Corrió hacia la puerta: ni rastro de Tom; fue al patio de recreo, pero tampoco estaba allí. Entonces gritó:

—¡Tom! ¡Vuelve, Tom!

Escuchó atentamente, pero no tuvo contestación. Estaba sin más compañeros que el silencio y la soledad. Entonces se sentó a llorar de nuevo y a reprocharse por su comportamiento. Al rato empezaron a llegar nuevamente los alumnos y tuvo que esconder sus pesares y soportar la cruz de una larga y pesada tarde, sin nadie con quien compartir las penas de su destrozado corazón.

Capítulo VIII

Tom vagó de aquí para allá por las calles hasta que estuvo lejos del camino por donde volvían los escolares, y después comenzó a andar con paso lento y desganado.

La melancolía se apoderó del alma del muchacho; su estado de ánimo hallábase de acuerdo con el ambiente soporífero que lo rodeaba. Permaneció sentado durante largo rato, con los codos en las rodillas y la barbilla apoyada en las manos, meditando. Le parecía que la vida no era más que una constante preocupación.

Pero el elástico corazón juvenil no puede estar comprometido por una honda preocupación durante largo tiempo. Tom comenzó muy pronto a dejarse llevar sin darse cuenta hacia las realidades de esta vida. ¿Qué pasaría si se alejaba ahora y desaparecía misteriosamente? ¿Qué ocurriría si se iba lejos, hacía países desconocidos, más allá de los mares, y no volvía jamás? ¿Qué sentiría ella entonces? Pero no, había algo todavía más llamativo que esto: ¡sería pirata! ¡No había nada mejor! Ahora su futuro se le presentaba claro ante los ojos y rodeado de un increíble esplendor. ¡Su nombre sería conocido en todo el mundo y haría estremecer a la gente! Oiría entonces con éxtasis arrobador el murmullo de la gente: "¡Es Tom Sawyer el Pirata, el Vengador Negro de los Mares Españoles!"

Sí, era cosa resuelta; su destino estaba fijado. Se escaparía de su casa, listo ya para entrar en su nueva vida. Comenzaría a la mañana siguiente; por lo tanto, debía empezar a prepararse. Por el momento, lo más importante era juntar sus riquezas. Se acercó a un tronco viejo y escarbó en uno de sus extremos con su navaja Barlow.

Se tiró en el suelo, acercó la boca al hueco y llamó:

"¡Chinche, ven; chinche, ven; dime lo que quiero saber." La arena comenzó a moverse, y de repente apareció una pequeña chinche, que desapareció al instante atemorizada.

—¡No se atreve a decírmelo! Así que fue la bruja quien lo hizo. Ya lo decía yo.

En ese momento se oyó débilmente por entre el verde follaje del bosque el toque de una corneta de juguete. De pronto se paró bajo un gran olmo, contestó al toque de corneta y después empezó a caminar de puntillas, mirando cautelosamente a un lado y a otro.

—¡Alto! ¿Quién ha penetrado en la selva de Sherwood sin mi salvoconducto?

—¡Guy de Guisborne no necesita salvoconducto! ¿Quién sois, que...?

—¿Cómo os atrevéis a emplear tal lenguaje? —dijo Tom prontamente, pues ambos repetían de memoria las palabras del libro.

—¿Quién sois, que os atrevéis a emplear tal lenguaje?

—¿Yo? ¡Vive Dios! Soy Robin Hood, como pronto lo sabrán vuestros tristes despojos.

—¿Entonces sois de verdad el famoso forajido? ¡Gustoso he de disputaros mi paso por esta intrincada selva! ¡Defendeos!

Tomaron sus espadas de lata, dejaron caer sus otros pertrechos, se pusieron en guardia y comenzaron un serio y grave combate de "dos estocadas arriba y dos abajo". De repente Tom exclamó:

—¡Ahora, si os atrevéis, apurad el combate!

Ambos lo "apuraron" jadeantes y sudorosos. Al rato Tom gritó:

—¡Cae! ¡Cae! ¿Por qué no caes?

—¡No quiero! ¿Por qué no caes tú? Él es el que está recibiendo la peor parte.

—Bueno, pero eso no es nada. Yo no puedo caer. Así no es como dice el libro. El libro dice: "Entonces, con una estocada por la espalda, mató al pobre Guy de Guisborne". Tienes que darte vuelta y dejarme herirte en la espalda.

No era posible resistirse a la autoridad, así que Joe se dio vuelta, recibió la estocada y cayó.

Los muchachos se vistieron, escondieron sus pertrechos y se alejaron, apenados de no ser más forajidos y meditando qué ventajas había traído la civilización moderna que compensara esa pérdida. Según ellos, preferían ser un año forajidos en la selva de Sherwood que presidente de los Estados Unidos para toda la vida.

Capítulo IX

Esa noche, a las nueve y media Tom y Sid fueron enviados a la cama como de costumbre. Rezaron sus oraciones y muy pronto Sid se quedó profundamente dormido. Tom, despierto, esperaba con incontenible impaciencia. Cuando creía que ya debía ser la madrugada oyó al reloj dar las diez. Eso era desesperante.

Entonces comenzó el cansador chirrido de un grillo que nadie podía localizar.

Tom sentía angustias mortales. Por último se sintió satisfecho al pensar que el tiempo había de correr y comenzaba la eternidad; empezó a adormilarse muy a pesar suyo; el reloj dio las once, pero él no lo oyó. Una ventana de la vecindad lo turbó al abrirse. El grito de "¡Fuera, maldito gato!" y el ruido de una botella al romperse terminaron de despertarlo. Ya vestido salió por la ventana. Por precaución, maulló una o dos veces a medida que avanzaba; después saltó al techo de la carbonera y de ahí al suelo.

Huckleberry Finn estaba allí con su gato muerto. Los muchachos se pusieron en marcha y desaparecieron en la oscuridad. A la media hora estaban abriéndose paso por entre la alta hierba del cementerio.

El cementerio era de los de tipo antiguo, comunes en el oeste. Estaba situado en una colina, a una milla y media más o menos del pueblo.

El viento gemía entre los árboles, y Tom temía que fuesen los espíritus de los muertos que se quejaban de ser molestados. Encontraron el mantoncito de tierra recién hecho que buscaban y se ocultaron detrás de tres grandes olmos que crecían juntos a pocos metros de la tumba.

Después esperaron el silencio durante un rato, que les pareció una eternidad.

De repente Tom apretó el brazo de su camarada y susurró:

—¡Chist!

—¿Qué pasa, Tom?

Y los dos se abrazaron, con los corazones latiendo fuertemente.

—¡Chist! ¡Otra vez! ¿No lo oíste?

—Yo...

—¿Oyes ahora?

—¡Dios mío, Tom, ya vienen! ¡Es seguro que vienen! ¿Qué haremos?

—No sé. ¿Piensas que nos verán?

—Sí, Tom, ellos ven en la oscuridad lo mismo que los gatos.

—¡Mira allí! —dijo Tom— ¿Qué es?

—¡Son los diablos! ¡Estoy seguro! ¡Y son tres! ¡Dios mío, Tom; estamos sentenciados! ¿Sabes rezar?

—¿Qué hay, Huck?

—¡Son hombres! Uno de ellos por lo menos. Reconozco la voz del viejo Muff Potter.

Esta vez acertó. Oye, Huck, yo conozco otra de las voces; es la del mulato Joe.

—¡Ah, sí, ese mulato asesino!

—Aquí es —dijo la tercera voz, a tiempo que levantaba el farol, iluminando la cara del joven doctor Robinson.

Potter y el mulato Joe llevaban unas parihuelas con una soga y un par de palas en ellas. Dejaron su carga y comenzaron a abrir la tumba.

—¡Rápido, rápido! —dijo en voz baja—.

Finalmente una de las palas chocó contra el ataúd con un golpe seco, y en uno o dos minutos los hombres acabaron de sacarlo. Forzaron en seguida la tapa con sus palas y sacaron el cuerpo, que tiraron rudamente sobre la tierra; la luna apareció por detrás de las nubes e iluminó la cara lívida del muerto. Arreglaron las parihuelas y colocaron en ellas el cadáver, cubriéndolo después con una frazada y atándolo bien con la soga. Potter sacó una larga cuchilla, cortó el sobrante de la soga y luego dijo:

—Ya está listo este maldito asunto, distinguido doctor, así que págueme otros cinco dólares, o aquí se queda esto.

—Así se habla —dijo el mulato Joe—, y agregó: Hace cinco años usted me echó de la cocina de la casa de su padre una noche en que fui a pedir algo para comer, y me dijo que yo no estaba allí para nada bueno; y cuando juré que usted me las pagaría, su padre me mandó a la cárcel por vagabundo.

Amenazaba al doctor con el puño en frente de la cara, pero éste le dio de repente tal puñetazo que el rufián rodó por el suelo. Potter dejó caer el cuchillo y exclamó:

—¡Oiga, no le pegue a mi amigo!

De pronto, el doctor logró zafarse, tomó la pesada tabla que había sobre la tumba de Williams y asestó con ella un recio golpe a Potter, tumbándolo, quien quedó desmayado en el mismo instante el mulato, viendo la ocasión propicia clavó el cuchillo hasta el cabo en el pecho del joven que se tambaleó y cayó sobre Potter, empapándolo con su sangre. El doctor balbuceó alguna palabras inarticuladas, dio una larga boqueada y quedó inmóvil. El mulato murmuró:

—Esto ya está arreglado. ¡Maldito!

Luego se apoderó de cuanto halló en los bolsillos del muerto, y puso el cuchillo homicida en la mano derecha de Potter y se sentó sobre el ataúd vacío. Pasaron tres, cuatro, cinco minutos hasta que Potter comenzó a moverse y a gemir.

—¡Dios mío! ¿Qué es esto, Joe? —dijo.

—Es un asunto muy serio. Contestó Joe sin moverse. ¿Por qué lo hiciste?

—¿Yo? ¡Yo no he hecho nada!

—¡Míralo! Aunque hables así, no vas a borrarlo.

Potter tembló y se quedó pálido.

—Creí que se me había pasado la borrachera.

Dime cómo fue, Joe. ¡Oh, es horrible! ¡Y él, tan joven y lleno de vida!

—Estaban los dos peleando, y él te dio tal golpe con la tabla que te derribó al suelo; entonces tú te arrastraste hasta donde estaba el cuchillo y se lo clavaste en el preciso instante en que él te daba un feroz puñetazo, dejándote como muerto hasta ahora.

¡Dime que no lo contarás! ¡Siempre te he apreciado y defendido! ¿Te acuerdas? Tú no lo dirás, ¿no es cierto, Joe?

—No, siempre te has portado bien conmigo, Muff Potter, y ahora no iré contra ti. Creo que esto es lo más justo.

—¡Oh, Joe, eres un ángel!

¡Bueno ya basta! Éste no es momento para lloriqueos.

Vete por aquel lado y yo me iré por aquí.

Dos o tres minutos más tarde, la víctima, el cadáver envuelto, el ataúd vacío y la tumba abierta quedaban solos a la luz de la luna. La quietud reinaba de nuevo.

Capítulo X

Los dos muchachos corrían sin parar hacia el pueblo, mudos de horror. De tiempo en tiempo miraban con aprensión hacia atrás, como si temieran ser seguidos.

Ganaban terreno poco a poco, y por último, en un supremo esfuerzo, entraron por la puerta abierta, cayendo gozosos y exhaustos al amparo de las sombras. Al poco rato sus ánimos se fueron calmando.

—¡Tenemos que quedarnos callados, Tom! Tú lo sabes, a ese demonio de mulato le sería lo mismo ahogarnos a nosotros que un par de gatos si decimos algo de esto y no lo ahorcan. Mira, Tom, lo que debemos hacer es jurar que nunca hablaremos de este asunto.

Debemos hacer un juramento por escrito y con sangre. Tom aplaudió la idea con entusiasmo.

De modo que Tom desenhebró una de sus agujas, y cada uno de los muchachos se pinchó en la yema del dedo pulgar y lo apretaron hasta sacar una gota de sangre.

Después de muchos apretones, Tom logró firmar con sus iniciales usando la yema del dedo meñique como lapicera. Luego enseñó a Huckleberry la manera de hacer una H y una F; el juramento estaba completo. Enterraron la tablita cerca de la pared con algunas ceremonias y conjuros, con lo cual el candado que aseguraba sus labios se consideró cerrado y tiraron la llave a lo lejos.

Una sombra se deslizó cautelosamente por una abertura al otro extremo del ruidoso edificio, pero ellos no lo notaron.

Continuaron charlando durante un rato; de pronto un perro lanzó un largo y lúgubre aullido, muy cerca de ellos.

Los muchachos se abrazaron aterrados.

—¡Mira, Huck, mira! ¡El perro está dando vuelta!

—¡Tienes razón! ¿Ha estado siempre así?

—Sí, pero yo como buen tonto no lo pensé. ¡Qué suerte tenemos! ¿Quién será el condenado?

El aullido cesó. Tom aguzó los oídos.

—¡Chist! ¿Qué es eso? —susurró.

—Parece el gruñido de un cerdo. No, es alguien que está roncando, Tom.

—Es cierto. ¿Pero de dónde viene el ronquido, Huck?

—Creo que es del otro extremo.

El hombre lanzó un gemido y se movió un poco, quedando su cara iluminada por la luna: era Muff Potter. Los muchachos, que habían quedado quietos y atemorizados cuando el hombre se movió, se tranquilizaron. Salieron en puntas de pie por entre los tablones rotos que formaban la pared y se pararon a corta distancia para cambiar una última palabra.

Luego se separaron, pensativos.

Cuando Tom trepó a la ventana de su habitación, había transcurrido ya casi toda la noche. Se desvistió con gran preocupación y se acostó, felicitándose de que nadie se hubiera enterado de su escapatoria. No advirtió que Sid, que roncaba suavemente, se hallaba despierto desde hacía una hora.

Cuando Tom despertó, ya Sid se había vestido y salido. Le pareció que era demasiado tarde y se quedó sorprendido. ¿Por qué no lo habían llamado y reprendido como de costumbre? Este pensamiento lo llenó de funestos presagios. En menos de cinco minutos se había vestido y estaba abajo, irritado y soñoliento. La familia se encontraba todavía a la mesa, pero ya habían terminado de desayunar. No hubo ni una palabra de reproche, pero advirtió las miradas evasivas de todos, y un silencio y un aire de solemnidad que sintió helársele la sangre. Se sentó y trato de aparentar alegría, pero ello resultaba superior a sus fuerzas; no recibió una sonrisa ni una respuesta, así que quedó en silencio, triste y desalentado.

Después del desayuno su tía lo llevó aparte, y Tom se alegró con la esperanza de que iba a ser reprendido; pero no fue así.

Su tía, echándose a llorar, le dijo que cómo podía ser así, y que iba a matarla de pena, pues a ella no le quedaba ya más nada qué hacer. Eso era peor que miles de azotes, y Tom sentía en su corazón un dolor mayor que el que hubiera experimentado en su cuerpo. Lloró, suplicó que lo perdonase y prometió cientos de veces portarse bien; entonces recibió la orden de retirarse con la sensación de que había ganado un perdón muy imperfecto y recobrando apenas en parte la confianza de su tía.

Se apartó tan apenado que ni siquiera pensó en vengarse de Sid, de modo que la rápida huida de éste por la cerca trasera de la casa fue innecesaria. Abatido, se dirigió a la escuela y recibió una paliza, junto con Joe Harper, por haberse hecho la rabona el día anterior, pero la soportó con el aire de una persona cuyo corazón está demasiado oprimido por desgracias mayores para preocuparse por insignificancias. Después volvió a su sitio, apoyó los codos en el pupitre y el rostro en las manos y se quedó con los ojos fijos en la pared, adoptando el aire de un mártir que ha llegado al límite de su sufrimiento y ya no puede ir más lejos. Sentía bajo el codo un objeto duro. Después de un largo rato, con movimiento cansado y triste, cambió de posición y tomó el objeto lanzando un suspiro. Estaba dentro de un papel. Lo desenvolvió, y cuál no sería su sorpresa y pesadumbre cuando reconoció su perilla de bronce. ¡Era la gota que faltaba para rebasar el vaso de su dolor!

Capítulo XI

Cerca del mediodía todo el pueblo estaba aterrado por la espantosa noticia. Se había encontrado un cuchillo ensangrentado junto al cuerpo del asesinado, que alguien reconoció como perteneciente a Muff Potter, según decían.

Hombres a caballo habían partido por los caminos hacia todas direcciones, y el sherif confiaba en que sería capturado antes del anochecer.

Todo el pueblo se volcó en el cementerio. Tom, olvidando sus penas, se unió a la procesión, aunque hubiese preferido mil veces ir a otra parte, pero una horrible e inexplicable fascinación lo empujaba. Una vez que hubo llegado al espantoso lugar, se escabulló entre la multitud y vio el lúgubre espectáculo. Le pareció que hacía años que había estado en ese mismo lugar. Alguien le pellizcó el brazo. Se volvió y sus ojos se encontraron con los de Huckleberry. Como movidos por un resorte, ambos miraron en seguida alrededor, temerosos de que alguien hubiera notado su cambio de miradas. Pero todo el mundo estaba hablando, atento tan sólo al terrible espectáculo que tenían delante.

—¡Pobre muchacho, pobre muchacho! —decían— ¡Esto debe servir de lección a los ladrones de tumbas! ¡Muff Potter no se libre de la horca, si lo atrapan!

Tales eran los comentarios que se oían, y el pastor exclamó:

—¡Es él! ¡Es él! ¡Viene solo!

—¿Quién? ¿Quién? —preguntaron veinte voces.

—¡Muff Potter!

—¡Miren, se ha parado! ¡Cuidado, que se vuelve! ¡No lo dejen escapar!

La multitud se apartó dando paso al sherif que con ostentación llevaba a Potter de un brazo.

—¡Yo no lo hice, amigos! —sollozaba— ¡Palabra de honor que no he sido yo!

—¿Quién te ha acusado? —gritó una voz.

El tiro dio en el blanco. Potter levantó la cara y miró a su alrededor, con una esperanza patética en sus ojos, vio al mulato Joe y exclamó:

—¡Oh Joe, tú me prometiste que nunca...!

—¿Es éste su cuchillo? —y el sherif lo colocó delante de sus ojos.

Potter habría caído si no lo hubiesen sostenido. Luego dijo: —Algo me decía que si no volvía a buscar...

Su cuerpo tembló, luego movió su flácida mano, en un gesto de desaliento, y dijo:

—Cuéntales, Joe, cuéntales... ya no vale la pena ocultar nada.

Entonces Huckleberry y Tom, mudos de asombro, oyeron cómo el desalmado mentiroso iba exponiendo serenamente su declaración.

El mulato Joe repitió su declaración con la misma calma, unos minutos más tarde, bajo juramento; y los muchachos, viendo que los rayos de la muerte eran contenidos, se reafirmaron en su creencia de que Joe había pactado con el diablo.

La enormidad de su secreto y los remordimientos de conciencia perturbaron su sueño durante una semana, y una mañana, a la hora del desayuno, Sid dijo:

—Tom te mueves y hablas tanto entre sueños, que me tienes despierto la mitad de la noche.

—¡Y dices cada cosa! —comentó Sid— Anoche gritabas: "Es sangre, es sangre". Y repetías lo mismo cientos de veces. También decías: "no me atormenten así; confesaré". ¿Confesar qué? ¿Qué tienes tú que confesar?

Todo daba vueltas alrededor de Tom. Nadie sabía lo que podía pasar ahora, pero por suerte la preocupación desapareció del rostro de la tía Polly, y esto alivió a Tom sin que ella se enterara. La tía exclamó:

—¡Ah! Es ese horrible asesinato. Yo también sueño con lo mismo casi todas las noches. Algunas veces me parece que soy yo quien lo cometí.

Todos los días o día por medio, durante esa época de tristeza, Tom aprovechaba cuanta oportunidad se le presentara para acercarse a la ventana de la cárcel y pasar a hurtadillas pequeños regalos al asesino. La cárcel era un mísero cuchitril de ladrillo levantado en medio de un lodazal, en las afueras del pueblo, y no había nadie quien lo guardase, pues en realidad muy pocas veces estaba ocupada. Estos regalos ayudaban en gran parte a tranquilizar la conciencia de Tom.

Los vecinos del pueblo tenían muchas ganas de emplumar al mulato Joe por haber violado una tumba, pero era tan temido que nadie quiso tomar la iniciativa de una empresa tan peligrosa, así que la idea fue abandonada. Él había tenido buen cuidado de comenzar su declaración con el relato de la pelea, sin confesar el robo que la presidió; por lo tanto, resultaba más acertado no tratar el caso ante la corte, por el momento.

Capítulo XII

Una de las razones por las que Tom no se preocupaba de su secreto era porque había encontrado un nuevo e importante asunto que le interesaba: Becky Thatcher había dejado de asistir a la escuela. Tom luchó con su orgullo durante algunos días y trató de olvidarla, pero no lo logró. Muy pronto se encontró rondando por las noches la casa de su amada, triste y apesadumbrado. Ella estaba enferma. ¿Qué sería de él, si ella moría? No quería ni pensarlo. Ya no le importaba nada de la guerra, ni siquiera de la piratería. El encanto de la vida había desaparecido y tan sólo quedaba tristeza. Guardó su arco y su paleta; ya no encontraba alegría en ellos. Su tía estaba preocupada y probó toda clase de remedios.

Probaba cuanto producto se le presentaba. Cuando aparecía algún remedio nuevo, estaba impaciente por probarlo; no en ella, pues nunca estaba enferma, sino en cualquier otro que pudiera.

A pesar de todo, el muchacho se ponía cada vez más melancólico, pálido y abatido. La tía probó entonces los baños calientes, los baños con sales, las duchas y los baños de inmersión. El muchacho continuaba tan tétrico como un carro fúnebre.

El chico se dio cuenta de que era tiempo de despertar; esa clase de vida era quizá muy romántica y conforme a su triste condición, pero se estaba poniendo muy poco sentimental y complicando demasiado. Después de pensar en varios planes de alivio, resolvió fingir que le gustaba el "Sanalotodo". Empezó a pedirlo tan a menudo que su tía terminó por decirle que dejara de fastidiarla y se lo sirviese solo. Si hubiera sido Sid, su alegría no habría tenido límites; pero como era Tom,

observaba a escondidas la botella. Así comprobó que la medicina realmente disminuía, pero no se le ocurrió pensar que el muchacho estaba
curando con ella la salud de un agujero que había en el piso de la sala.

Un día Tom estaba entregado a la tarea de dar su dosis al agujero,
cuando apareció el gato de la tía ronroneando y mirando la cucharilla
codiciosamente, como deseando probar lo que había en ella. Tom dijo:

—No lo pidas si verdaderamente no lo quieres, Peter.

Peter le dio a entender que verdaderamente lo quería.

—Más vale que te asegures bien.

Peter estaba seguro.

—Ahora que lo pides, te lo daré porque no soy malo; pero si no te
gusta, no culpes a nadie más que a ti.

Peter estaba dispuesto, de modo que Tom le abrió la boca y le hizo
beber el "Sanalotodo". Peter dio un salto en el aire, luego una voltereta
y en seguida echó a correr por la habitación, golpeándose contra los
muebles, destrozando los floreros y haciendo un estrago general.

—Tom, ¿qué demonios le pasa a ese gato?

—No sé, tía —balbuceó el muchacho.

La anciana estaba agachada, y Tom la observaba con interés agu-
zado por la ansiedad.

Demasiado tarde se dio cuenta de la maniobra. El mango de la
cucharita delatora se veía por debajo de la cama. La tía Polly la levantó.
Tom pestañeó y bajó los ojos. La tía lo tomó de una oreja y le golpeó
fuertemente en la cabeza con el dedal.

—Explícame ahora por qué has hecho esto a esa pobre bestia.

—Lo hice de lástima, porque él no tiene tía.

—¡Porque no tiene tía! ¡Sinvergüenza! ¡Y eso qué tiene que ver!

—Mucho. Porque, si hubiera tenido una, ya se habría encargado
ella de quemarlo. Le hubiera quemado los intestinos, importándole
menos que si fuera un ser humano.

La tía Polly sintió de repente remordimientos. Esto ponía en claro el
asunto; lo que era cruel para un gato podía serlo también para un niño.
Entonces comenzó a suavizarse. Los ojos se le llenaron de lágrimas, y,
poniendo una mano en la cabeza de Tom, dijo tiernamente:

—Lo hice con la mejor intención, Tom. ¡Y realmente te hizo bien!

Tom la miró con un destello de ironía asomando a través de su gravedad:

—Ya lo sé, tía; yo también se lo di a Peter con la mejor intención. Y le ha hecho tanto bien como a mí. Nunca lo he visto correr tanto desde...

—¡Oh, vete antes de que me hagas enojar de nuevo! Si te portas bien, no necesitarás tomar más medicinas.

Tom llegó a la escuela antes de la hora.

Pero ahora se quedó rondando la puerta, en vez de jugar con sus compañeros.

Tom siguió con el corazón henchido de esperanza cada vez que veía aparecer una falda y renegando de su poseedora cuando comprobaba que no era la esperada. Entonces una falda más pasó la cerca, y el corazón de Tom dio un vuelco. Enseguida estaba afuera comportándose como un indio: gritando, riendo, persiguiendo a los muchachos, saltando sobre la cerca con peligro de sus brazos y sus piernas, dando volteretas...; en una palabra, haciendo todas las cosas heroicas que se le ocurrían y al mismo tiempo observando furtivamente para ver si Becky Thatcher lo notaba. La niña parecía no darse cuenta de nada, pues ni lo miró.

—¡Puf! ¡Hay algunos que se creen muy chistosos! ¡Siempre queriendo llamar la atención!

Tom enrojeció. Se puso de pie y se alejó abrumado y cabizbajo.

Capítulo XIII

Tom había tomado su decisión. Estaba triste y desesperado. Se sentía abandonado y sin amigos; nadie lo quería. Cuando viesen adónde lo habían conducido, quizá se sintieran arrepentidos; había tratado de portarse bien y seguir adelante, pero no lo habían dejado; ya que querían deshacerse de él, que así fuera, aunque luego le echaran la culpa de las consecuencias.

Para entonces estaba ya en las afueras del pueblo y la campana de la escuela se oyó a lo lejos débilmente.

En ese momento se encontró con su amigo Joe Harper, cuya mirada torva demostraba evidentemente un irrevocable y funesto propósito en su corazón. Veíase claramente que eran "dos almas con un solo pensamiento". Tom, secándose los ojos con la manga, comenzó a balbucear algo sobre una resolución de escapar al abuso y falta de simpatía en su hogar y vagar por el mundo para nunca más volver; terminó deseando que Joe nunca lo olvidase.

Pero resultó que éste era el mismo pedido que Joe le venía a hacer a Tom y para lo cual lo había buscado. Su madre le había pegado por tomar de una crema que nunca había probado.

Mientras caminaban lamentándose hicieron un pacto de protegerse mutuamente y ser como hermanos hasta que la muerte los liberase de sus penurias. Luego comenzaron a exponer sus planes.

Después buscaron a Huckleberry Finn, que se unió a ellos en seguida, pues todas las profesiones le resultaban iguales: era un indiferente. Más tarde se separaron, conviniendo en reunirse en su lugar solitario a orillas del río, a más o menos dos millas del pueblo y a la hora favorita.

la medianoche. Había allí una pequeña balsa de madera que se proponían llevar. Cada uno debía traer cañas, anzuelos y todas las provisiones que pudiera robar de la manera más disimulada y misteriosa, como verdaderos forajidos. Antes de que terminara la tarde se las habían arreglado para disfrutar de la dulce gloria de esparcir el rumor de que muy pronto el pueblo "se enteraría de algo muy gordo".

Alrededor de medianoche llegó Tom con un jamón cocido y algunas menudencias y se paró en un barranco cubierto de espesa vegetación que dominaba el lugar de la cita.

Entonces emitió un largo y fuerte silbido, que fue contestado desde abajo del barranco. Tom silbó dos veces más; estas señales fueron contestadas en la misma forma. Luego una voz cauta dijo:

—¿Quién va?

—Tom Sawyer, el Vengador Negro de los Mares Españoles. Decid vuestros nombres.

—Huck Finn, el Mano Roja, y Joe Harper, el Terror de los Mares. Tom había sacado estos títulos de sus libros favoritos.

—Está bien. Dad la contraseña.

Dos voces roncas y apagadas lanzaron la misma temeraria palabra, simultáneamente, en la noche sombría: ¡Sangre!

El Terror de los Mares había traído una lonja de tocino, costándole bastante trabajo llegar hasta allí con ella. Finn, el Mano Roja, había robado una cacerola y una cantidad de hojas de tabaco.

Sabían demasiado que los hombres de la balsa estaban todos en el pueblo, durmiendo o de parranda, pero esto no era excusa para que no encarasen el asunto de manera adecuada a unos piratas.

Muy pronto se alejaron de la balsa, bajo el mando de Tom, con Huck en el remo de proa y Joe en el de popa. Tom, parado en el medio, con el entrecejo fruncido y los brazos cruzados, impartía las órdenes con voz ronca y baja.

—¡Levad anclas! ¡Soltad las velas!

—¡Sí, mi capitán!

—¡Largad las gavias! ¿De qué lado sopla el viento?

—¡Del este!

—¡Proa al suroeste!

Como los muchachos seguían remando de firme por el medio de la corriente, no había duda de que estas órdenes obedecían tan sólo al propósito de dar carácter a la aventura y no significaban nada en particular.

—¡Hurra! ¡Tierra a estribor! ¡Tierra, tierra!

La balsa venció la fuerza de la corriente, y los muchachos enfilaron hacia la isla, manteniendo la dirección con los remos.

El Vengador Negro se hallaba parado con los brazos cruzados, echando una última ojeada a la escena de sus antiguas alegrías y de sus últimos sufrimientos y deseando que *ella* pudiera verlo ahora, en medio del proceloso mar, frente al peligro y a la muerte, yendo con corazón intrépido a su propia perdición y con una sonrisa sarcástica en los labios.

Los otros piratas también estaban echando las últimas ojeadas y tan largas fueron que casi dejaron que la corriente arrastrase la balsa fuera del rumbo de la isla. Pero notaron el peligro a tiempo, e hicieron una maniobra para impedirlo. Cerca de las dos de la mañana la balsa encalló en el banco de arena, a doscientos metros de la punta de la isla, y los muchachos vadearon varias veces la distancia que los separaba de tierra firme hasta poner su cargamento en seco.

Hicieron una hoguera junto a un gran tronco, a veinte o treinta metros de la sombría profundidad de la selva, y cocinaron un poco de tocino en la sartén, con la mitad de la provisión de harina de maíz que habían traído. Les parecía magnífico estar allí, en medio de la selva virgen de una isla inexplorada y salvaje, lejos de las muchedumbres, y decían que nunca volverían a la civilización.

—¡Ésta es la vida para mí! —dijo Tom— No hay que levantarse temprano, no hay que ir a la escuela y lavarse, ni ninguna de esas tonterías.

De pronto Huck dijo:

—¿Qué tienen que hacer los piratas?

Tom contestó:

—¡Oh, se divierten muchísimo! Apresan barcos, los queman, roban el dinero y lo esconden en lugares horribles de la isla, donde está cuidado por fantasmas y brujas; matan a toda la gente del barco...

—Y llevan las mujeres a la isla —agregó Joe—; ellos no matan mujeres.

Gradualmente la conversación fue decayendo y el sueño cerrando los párpados de los pequeños aventureros. La pipa cayó de entre los dedos del Mano Roja, que durmió el sueño de los justos, libre de cargos de conciencia. El Terror de los Mares y el Vengador Negro de los Mares Españoles tuvieron más dificultad en dormirse. Dijeron sus oraciones en voz baja y acostados, pues no había nadie con la autoridad necesaria para obligarlos a arrodillarse y decirlas en voz alta; la verdad es que pensaron no rezar, pero no se atrevieron a llegar a tales extremos, temiendo que dios los castigara fulminándolos con un rayo desde el cielo. Después de esto, cuando estaban ya por dormirse, llegó un intruso que no los dejaba tranquilos. Era la conciencia. Comenzaron a sentir un vago temor de que habían obrado mal al escaparse; luego pensaron en la carne robada, y ahí empezó la verdadera tortura.

Entonces la conciencia les concedió una tregua, y estos raros e inconstantes piratas se durmieron plácidamente.

Capítulo XIV

Al despertarse la mañana siguiente, Tom se preguntó dónde estaba. Se sentó, restregóse los ojos, miró a su alrededor, y entonces comprendió. Era un amanecer fresco y grisáceo; había una deliciosa sensación de reposo y paz en la profunda calma y silencio de los bosques. Ni una hoja se movía; ni un sonido perturbaba la gran meditación de la naturaleza. Pequeñas gotas de rocío brillaban sobre las hojas y la hierba. Una capa blanca de ceniza cubría el fuego, y una tenue espiral de humo subía recta en el aire. Joe y Huck dormían todavía. No muy lejos, en el bosque, un pájaro llamaba y otro contestaba.

Tom despertó a los otros piratas, y los tres echaron a correr gritando: en menos de un minuto estaban desnudos persiguiéndose y dando brincos en el agua clara y poco profunda de la playa. No sentían nostalgia del pequeño pueblo que dormía a distancia, más allá del majestuoso río. Alguna corriente nocturna o quizá una pequeña crecida del río se había llevado su balsa, pero esto los alegraba, pues significaba que se había roto el puente que los unía con la civilización.

Volvieron al campamento maravillosamente refrescados, contentos y muertos de hambre; y muy pronto tenían encendida nuevamente la hoguera. Huck encontró un manantial claro y fresco muy cerca, y los muchachos hicieron vasos con hojas de roble y de nogal, sintiendo que el agua, dulcificada por ese procedimiento silvestre, sería un buen sustituto del café. Mientras Joe estaba separando el tocino para el desayuno, Tom y Huck le pidieron que esperase un minuto; se acercaron a un recodo del río y lanzaron las líneas para pescar; casi inmediatamente tuvieron su recompensa. Joe no tuvo tiempo de impacientarse antes de que volvieran con dos lobinas, un par de percas y un pequeño pez gato, provisiones más que suficientes para una gran familia. Frieron el pescado con el tocino y quedaron sorprendidos; ningún pescado les había parecido antes tan delicioso.

Corretearon alegremente sobre troncos roídos a través de la enmarañada maleza y por entre los solemnes monarcas del monte, de cuyas empenachadas crestas colgaban pesados racimos de uva silvestre.

Descubrieron que la isla tenía más o menos tres millas de largo por un cuarto de milla de ancho. Tenían demasiado apetito para ponerse a pescar, pero comieron bien con el jamón frío y luego se recostaron a charlar.

Muy pronto la conversación decayó hasta dormir del todo. Desde hacía un rato los chicos habían notado, sin prestar atención, un ruido especial a la distancia, en la misma forma que a veces notamos el tictac de un reloj sin siquiera advertirlo.

—¿Qué es? —exclamó Joe con voz muy queda.

—No sé —susurró Tom.

—No son truenos —dijo Huckleberry en tono sorprendido—, porque los truenos...

—¡Cállate! —dijo Tom— Escuchen, no hablen.

Esperaron un rato, que les pareció una eternidad, y de nuevo el mismo sordo estampido agitó la solemne quietud.

—Vamos a ver.

Se levantaron y corrieron hasta la playa en dirección al pueblo.

—¡Ya sé lo que es! —exclamó Tom— ¡Alguien se ha ahogado!

—Es cierto —dijo Huck—. Lo mismo hicieron el verano pasado cuando se ahogó Bill Turner; tiran una bomba sobre el agua, y eso hace salir a flote al ahogado.

Los muchachos todavía escuchaban y observaban. De repente una idea luminosa se le ocurrió a Tom y exclamó:

—¡Muchachos, ya sé quién se ha ahogado! ¡Nosotros!

Esto les hizo sentirse héroes al instante. Era un triunfo grandioso; los echaban de menos; lamentaban su pérdida; más de un corazón estaba destrozado por su culpa; derramaban lágrimas por ellos; se despertaban recuerdos acusadores de crueldades hacia estos pobres muchachos, y nacían tardíos remordimientos; pero lo mejor de todo estaba en que su partida era el comentario del pueblo y la envidia de todos los muchachos por aquella deslumbradora notoriedad. Esto era muy bueno. Bien valía la pena, después de todo, ser pirata.

Cuando comenzó a anochecer, la barca volvió a sus acostumbradas ocupaciones y los botecitos desaparecieron. Los piratas retornaron al campamento. Se sentían halagados en su vanidad por esta nueva notoriedad que habían adquirido y por la enorme perturbación que ocasionaban. Pescaron, cocinaron su cena y comieron; luego trataron de adivinar lo que el pueblo estaría pensando y diciendo de ellos. Las escenas de dolor público que imaginaron eran muy halagadoras desde su punto de vista, pero cuando las sombras de la noche cayeron sobre ellos, cesaron poco a poco de hablar y se sentaron con las miradas fijas en el fuego y el pensamiento en otra parte. El entusiasmo ya había desaparecido, y tanto Tom como Joe no podían dejar de pensar en ciertas personas de su familia que estarían sufriendo por ellos.

Tom lo detuvo con burlas.

Al avanzar la noche, Huck comenzó a cabecear y muy pronto a roncar; Joe lo siguió al rato. Tom, con los codos apoyados en el suelo y la cabeza entre las manos, estuvo quieto durante un tiempo observándolos fijamente. Por último se puso de rodillas con gran precaución y gateando comenzó a buscar entre la hierba, a la luz que proyectaba la hoguera. Recogió y examinó varios trozos de la corteza fina y blanca de un sicomoro y finalmente escogió dos que parecían satisfacerle. Luego se inclinó junto al fuego y con dificultad escribió algo sobre cada uno de ellos con su pedazo de ladrillo; uno lo enrolló y se lo metió en el bolsillo del saco, y el otro lo metió en el sombrero de Joe, que puso previamente a cierta distancia de su dueño. También dejó en el sombrero algunos de sus tesoros de inestimable valor; entre ellos un trozo de tiza, una pequeña pelota, tres anzuelos y una canica de cristal. Después se alejó de puntillas y, abriéndose paso cautelosamente entre los árboles, llegó a donde no podían oírlo, echándose entonces a correr en dirección a la playa.

Capítulo XV

Unos minutos más tarde Tom estaba en el agua, camino de la playa de Illinois. Antes de que el agua le llegase a la cintura estaba en la mitad del camino; la corriente no le permitía caminar más, así que comenzó a nadar confiadamente los restantes cien metros.

Poco antes de las diez llegó a un lugar abierto frente al pueblo y vio la barca de vapor fondeada a la sombra de los árboles, junto al banco de arena. Se escondió bajo el banco de los remeros y esperó ansiosamente.

Tom se sentía feliz por el éxito obtenido, pues sabía que éste era el último viaje de la noche. Después de diez o quince minutos, las ruedas pararon; Tom salió de su escondrijo y nadó hacia la playa, en la oscuridad, desembarcando cincuenta metros más abajo, lejos del peligro de posibles persecuciones. Voló por desiertas callejuelas y pronto se encontró ante la cerca trasera de la casa de su tía. Saltó la cerca, se aproximó a la casa y miró por la ventana de la pieza, donde había una luz encendida. Allí estaban sentados la tía Polly, Sid, Mary y la madre de Joe Harper, agrupados, charlando. Estaban junto a la cama, y la cama estaba entre ellos y la puerta. Tom se acercó a la puerta y comenzó suavemente a levantar el picaporte.

—¿Qué es lo que hace oscilar la llama de la vela? —preguntó la tía Polly.

Tom se apresuró.

—Creo que la puerta está abierta. ¡Qué raro! Ve a cerrarla, Sido.

Tom desapareció a tiempo, debajo de la cama. Se agazapó allí y tomó aliento durante un rato; después se arrastró hasta donde podía casi tocar el pie de su tía.

—Como iba diciendo —continuó la tía Polly—, el chico no era malo... Solamente travieso, inquieto y un poco irresponsable, pero nunca hizo nada por maldad, pues tenía un corazón de oro.

Dicho lo cual se echó a llorar desconsoladamente.

—Igualito que mi Joe... Siempre pensando en alguna picardía o en alguna travesura, pero bueno y generoso como ninguno.

—Sí, sí, sí, yo sé bien lo que usted siente, señora Harper, sé bien lo que usted siente. Ayer al mediodía mi Tom le dio a beber "Sanalotodo" al gato, y por poco éste me destroza toda la casa. Y, dios me perdone, le di un dedalazo a ese pobre muchacho que ahora está muerto. Pero ya en donde está no tendrá disgustos. Y las últimas palabras que le oí fueron de reproche porque...

Pero este recuerdo era demasiado amargo para la anciana, que no pudo resistir más. Se creía que la búsqueda de los cuerpos había sido un esfuerzo inútil, porque el accidente debió de ocurrir en el canal central, pues los muchachos, siendo tan buenos nadadores, habrían logrado llegar a la orilla. Era la noche del miércoles. Si los cuerpos no aparecían hasta el domingo, se abandonarían todas las esperanzas y los funerales tendrían lugar esa mañana.

La tía Polly se despidió con ternura exagerada de Sid y Mary. Sid lloró un poco, y Mary se anegó en un verdadero mar de lágrimas.

Tuvo que quedarse quieto un largo rato después de que ella se acostó, pues la tía continuaba lanzando ayes de dolor de tiempo en tiempo y dándose vuelta, inquieta, en la cama. Por último se durmió, quejándose un poco entre sueños. El muchacho sacó la cabeza y se incorporó poco a poco junto a la cama, cubrió con la mano la luz de la vela y se quedó. mirándola. Sentía el corazón lleno de lástima por ella. Pero se le ocurrió una idea y se quedó pensando. La cara se le iluminó de alegría; volvió a meter el pedazo de corteza en el bolsillo, se inclinó y besó el rostro de la anciana y en seguida se retiró cautelosamente, cerrando la puerta tras de sí.

Dirigió sus pasos hacia el embarcadero; pero, como no encontró a nadie allí, entró tranquilamente en la embarcación, pues sabía que el único que estaba en ese momento era el sereno, y éste dormía como un lirón. Desató el botecito de popa, se metió en él y bien pronto estaba remando aguas arriba. Un poco más tarde se detuvo chorreando agua a la entrada del campamento, y oyó a Joe que decía:

—No, Tom es cumplidor, Huck, y volverá. No va a desertar.

—Bueno, pero las cosas son nuestras, ¿no es cierto?

—Casi nuestras, pero todavía no, Huck. El mensaje dice que son nuestras si él no vuelve para la hora del desayuno.

—¡Y cumplo lo prometido! —exclamó Tom con un bien logrado efecto dramático, entrando majestuosamente en el campamento.

Un abundante desayuno de tocino y pescado fue preparado en un instante, y, mientras lo comían, Tom contó con muchos adornos sus aventuras. Cuando terminó, los tres héroes no cabían en sí de orgullo y vanidad. Después Tom se acostó en un rincón sombreado, dispuesto a dormir hasta el mediodía y los otros piratas se dispusieron a pescar y a explorar.

Capítulo XVI

Después de cenar, la pandilla se dedicó a la búsqueda de huevos de tortuga en la playa. Metían palos en la arena, y, cuando encontraban un lugar blando, se arrodillaban y escarbaban con las manos. Algunas veces sacaban hasta cincuenta o sesenta huevos de un agujero. Continuaron sus juegos dentro del agua, hasta un sitio donde la corriente fuerte los hacía caer a veces, lo cual aumentaba mucho la diversión.

Más tarde sacaron las canicas y jugaron al "triángulo", al "hoyo" y a la "quema", hasta que se cansaron. Gradualmente se fueron dispersando y melancólicamente comenzaron a mirar más allá del anchuroso río, hacia donde estaba el pueblo dormido bajo el sol.

Pero Joe había perdido el humor y era imposible devolvérselo. Extrañaba tanto el hogar que apenas podía soportar el dolor que le producía. Las lágrimas estaban próximas a brotar. Huck también estaba melancólico. Tom se sentía deprimido, pero trataba de no demostrarlo. Tenía un secreto que no estaba dispuesto a decir todavía; pero si ese intento de motín no se arreglaba, pronto tendría que revelarlo.

Joe estaba sentado, hurgando en la arena con un palo, con expresión muy triste. Finalmente exclamó:

—¡Oh, muchachos, dejemos esto! Quiero irme a casa. ¡Me siento tan solo!

—¡Oh, no, Joe, ya te sentirás mejor poco a poco! —replicó Tom— No hay otro lugar para nadar como éste. Bueno, dejemos que el bebé llorón se vaya a casa con su mamita, ¿no es cierto, Huck? ¡Pobrecito, quiere ver a su mamá! Pues que la vea. A ti te gusta estar aquí, ¿eh, Huck? Nosotros nos quedaremos, ¿no?

Huck contestó con un "sí" no muy entusiasta.

Sin embargo, Tom estaba inquieto, y se alarmó al ver a Joe vistiéndose como si nada. También le preocupó ver que Huck miraba los preparativos de Joe ansiosamente y sin pronunciar palabra.

—Yo también quiero irme, Tom; esto se está volviendo demasiado solitario, y ahora será peor. Vámonos también nosotros, Tom.

Huck empezó a recoger su ropa y dijo:

—Desearía que tú también vinieras, Tom.

Huck empezó a andar tristemente, y Tom se quedó mirándolo y sintiendo un fuerte deseo de ahogar su orgullo e irse él también.

—¡Esperen! ¡Esperen! ¡Quiero decirles algo!

Los muchachos se pararon y se dieron vuelta. Cuando llegó a donde los otros estaban, empezó a contarles su secreto; los otros oían pensativos, hasta que al fin comprendieron su propósito y lo aplaudieron entusiasmados, diciendo que era "espléndido" y que, si se los hubiese dicho antes, no habrían intentado irse.

Después de una cena compuesta de huevos y pescado, Tom dijo que quería aprender a fumar. Joe, entusiasmado, dijo que a él también le gustaría probar. Así que Huck preparó las pipas y las llenó.

—¡Vaya, qué fácil es! Si hubiera sabido que esto era todo, habría aprendido hace rato ya.

—Yo también —dijo Joe—. No es nada.

—Oigan, muchachos, no digan nada a nadie de esto; y algún día, cuando estemos juntos, me acerco a ti y te pregunto: "¿Joe, tienes una pipa? ¡Quiero fumar!" Y tú me contestas con displicencia: "Sí, tengo una vieja pipa y otra más, pero mi tabaco no es muy bueno". Entonces yo te digo: "No importa; basta que sea fuerte". Y tú sacas las pipas, y fumamos con toda calma. ¡Ya verás las caras que ponen!

—¡Qué bueno, Tom! ¡Ojalá pudiéramos hacerlo ahora!

Continuaron charlando, pero a poco la conversación comenzó a decaer y se tornó incoherente. Joe dijo débilmente:

—He perdido mi cuchillo. Creo que es mejor que vaya a buscarlo.

Tom agregó con labios temblorosos y voz entrecortada:

—Yo te ayudaré. Tú vas por aquel lado y yo buscaré alrededor del manantial. No, no vengas, Huck; nosotros lo encontraremos.

Huck se sentó nuevamente y esperó una hora. Entonces se sintió muy solo y fue a buscar a sus camaradas. Éstos estaban en el bosque, separados uno del otro, muy pálidos y profundamente dormidos. Pero algo le hizo ver que, si habían tenido alguna dificultad, ya se habían librado de ella.

Cerca de medianoche Joe se despertó y llamó a los otros. Había en el aire una angustiosa pesadez que parecía presagio de algo. Los chicos se acurrucaron uno junto a otro y buscaron la amistosa compañía del fuego, a pesar de que el calor era sofocante. Permanecieron sobrecogidos, en anhelosa actitud de espera. La solemne quietud continuaba. Más allá del resplandor de fuego, todo estaba sumido en la más profunda oscuridad. De repente se produjo una temblorosa claridad que iluminó el follaje y luego desapareció. Poco a poco se fueron produciendo otras y otras. Después un débil lamento se oyó por entre las ramas del bosque, y los muchachos sintieron un fugaz soplo sobre sus mejillas y temblaron ante la idea de que el Espíritu de la Noche había pasado junto a ellos.

—¡Rápido, muchachos, vamos a la carpa! —exclamó Tom.

Se levantaron de un salto y echaron a correr, cada uno en diferente dirección, tropezando en la oscuridad con las raíces y enredaderas. Un furioso vendaval rugió entre los árboles, haciendo crujir todo a su alrededor.

La vieja lona que hacía las veces de carpa se sacudía tan furiosamente, que no podían escuchar aunque los otros ruidos se los hubiese permitido.

La tempestad aumentaba cada vez más; de repente la carpa se soltó de sus ataduras y salió volando llevada por el vendaval. Los chicos, tomados de las manos, lograron después de muchos tropiezos hallar amparo junto a un gran roble que se encontraba a la orilla del río. La batalla estaba en su apogeo.

No era una noche apropiada para que estuviesen afuera unos pobres niños sin hogar.

Por fin la batalla terminó y las fuerzas contendientes se retiraron con amenazas y rugidos cada vez más débiles; se hizo la paz. Los muchachos volvieron al campamento presas del terror, pero descubrieron que tenían todavía algo de qué estar agradecidos, pues el gran sicomoro que protegía sus camas había sido derribado por un rayo, y ellos no estaban debajo cuando la catástrofe sucedió.

Muy elocuentes fueron en sus lamentaciones, enseguida descubrieron que el fuego había penetrado tanto en el gran tronco, que se había escapado de la mojadura. Entonces, con paciencia arrimaron algunas ramitas secas que encontraron debajo de los troncos, hasta avivarlo de nuevo. Cuando tuvieron la hoguera bien encendida, se sintieron nuevamente felices. Sacaron el jamón cocido y comieron, hecho lo cual se sentaron junto al fuego, comentando y glorificando su aventura desde la medianoche hasta la mañana, pues no encontraron en ninguna parte un lugar seco dónde poder echarse a dormir.

Cuando el sol apareció, se sintieron soñolientos y dirigiéndose a la playa, donde se tendieron para dormir. El sol los tostaba poco a poco y, pasado un rato, se dispusieron perezosamente a preparar el desayuno. Después de éste se sintieron cansados, con los músculos en tensión, y nuevamente los invadió la nostalgia del hogar. Tom, que notó los síntomas, trató de animarlos lo mejor que pudo. Pero no les interesaba nada.

Mientras duró, los interesó en un nuevo juego. Se trataba de dejar de ser piratas por un rato y ser indios para variar. Les gustó la idea, así que no pasó mucho antes de que estuvieran desnudos y pintados con barro como cebras. Los tres hacían de jefe, por supuesto, y marcharon para atacar, a través del bosque, un fuerte inglés.

Se reunieron en el campamento a la hora de la cena, hambrientos y felices. Allí se encontraron frente a un problema: los indios hostiles no podían partir el pan de la hospitalidad juntos sin antes hacer las paces, y ello era simplemente imposible sin antes fumar la pipa de la paz. Ése era el único procedimiento del cual habían oído. Dos de los salvajes casi deseaban haber continuado siendo piratas. A pesar de todo, no les quedaba otra alternativa, de modo que simulando alegría pidieron la pipa y echaron una bocanada de humo cuando les tocó el turno.

Dejémoslos fumando, charlando y jactándose, pues nada tenemos que hacer con ellos por el momento.

Capítulo XVII

El pueblo se hallaba triste esa misma y tranquila tarde de sábado. Los Harper y la familia de la tía Polly estaban vistiéndose de luto, con la consiguiente pena y lágrimas. Una quietud desacostumbrada se había apoderado del pueblo, ya de suyo bastante tranquilo.

Por la tarde, Becky Thatcher se encontró vagando por el patio desierto de la escuela, muy melancólica, pero no encontró allí nada que la consolase.

Los muchachos indicaban el lugar exacto donde los desaparecidos estuvieron parados en aquella oportunidad, y luego agregaban algo como lo siguiente: "Y yo estaba parado así, como estoy ahora, y como si tú fueras él"; "Estaba tan cerca como lo estoy de ti"; "Y él rió de esta manera"; "Y entonces sentí que algo me corría por todo el cuerpo, algo terrible, ¿sabes?"; "No me di cuenta de lo que significaba, por supuesto, ¡pero ahora lo veo claro!"

Cuando a la mañana siguiente terminó la escuela dominical, la campana empezó a doblar, en vez de tañer como de costumbre. Era un plácido domingo, y el lúgubre sonido de la campana parecía estar de acuerdo con el silencio y recogimiento de la naturaleza. Empezaron a llegar los vecinos, que se paraban un momento en el vestíbulo a conversar en voz baja sobre el triste suceso. No se oían murmullos de voces en el interior de la iglesia: sólo el crujir fúnebre de los vestidos al sentarse las mujeres interrumpía el silencio. Nadie recordaba haber visto la iglesia tan llena de gente. Hubo, por fin, una pausa expectante, y entró la tía Polly seguida de Sid y Mary, y luego la familia Harper, todos vestidos de negro. Los asistentes en pleno, incluso el viejo pastor, se levantaron reverentes y permanecieron de pie hasta que los deudos se sentaron en el primer banco. Se produjo entonces otro impresionante silencio, roto a intervalos por ahogados sollozos, y luego el pastor abrió los brazos y rezó. Cantaron un conmovedor himno y siguió el sermón: "Yo soy la resurrección y la vida".

Hubo un ruido en la galería que nadie notó; un momento más tarde la puerta del templo crujió. El pastor levantó sus humedecidos ojos por sobre el pañuelo y quedó petrificado. Primero uno y después otro par de ojos siguieron a los del pastor y entonces, casi en un mismo impulso, toda la concurrencia se levantó y miró, mientras los tres muchachos muertos avanzaban en hilera con Tom a la cabeza, seguido de Joe y Huck, que era una ruina de harapos empapados, protegiéndose cohibido detrás de los demás. ¡Habían estado escondidos en la desierta galería, escuchando el panegírico de su propio funeral!

La tía Polly, Mary y los Harper se abalanzaron sobre los recién llegados, cubriéndolos de besos y dando gracias al Señor, mientras el pobre Huck quedaba avergonzado e incómodo sin saber qué hacer o dónde esconderse de tantas miradas importunas. Titubeó un instante y luego comenzó a alejarse, pero Tom lo tomó de un brazo y le dijo:

—Tía Polly, esto no es justo. Alguien tiene que alegrarse de ver a Huck.

—Es cierto. Yo me alegro de verlo, ¡pobre huerfanito!

Y las tiernas atenciones de la tía Polly lo hicieron sentirse todavía más incómodo que antes.

De pronto el pastor gritó a todo lo que le daba la voz:

—"Alabado sea dios, por quien todo bien nos es dado."

¡Cantad, y poned el corazón en ello!

Así lo hicieron. El viejo himno se elevó en tono triunfal, y mientras hacía temblar las paredes, Tom Sawyer el Pirata miró a su alrededor las envidiosas caras de los otros niños, y se confesó que ése era el momento más feliz de su existencia.

Capítulo XVIII

Ése era el gran secreto de Tom: volver al pueblo con sus compañeros piratas para asistir a sus propios funerales. Habían bogado hasta la playa de Misuri sobre un tronco, en la madrugada del sábado, desembarcando a cinco o seis millas del pueblo; durmiendo en los bosques de las afueras hasta cerca del amanecer, y luego se deslizaron por caminos desiertos, terminando su sueño en la galería del templo entre un caos de bancos rotos.

A la hora del desayuno, el lunes por la mañana, la tía Polly y Mary se mostraban muy amorosas con Tom y atentas a sus menores deseos. Se charló mucho, y en el curso de la conversación la tía Polly dijo:

—Bueno, no digo que no era una buena broma, Tom, tener a todo el mundo sufriendo más de una semana, mientras ustedes se divertían, pero es una pena que tú fueras tan duro de corazón como para tenerme a mí sufriendo tanto. Si pudiste venir en un tronco para asistir a un funeral, también pudiste venir y hacerme saber en alguna forma que no estabas muerto, sino que solamente te habías escapado.

—Sí, pudiste hacerlo, Tom —agregó Mary—, y estoy segura de que lo habrías hecho, de haberlo pensado.

—¿Lo habrías hecho, Tom? —preguntó la tía Polly, con la cara iluminada por la esperanza— Dime, ¿lo habrías hecho, si lo hubieses pensado?

—Este... Bueno, no sé. Eso habría arruinado todo.

—Tom, creía que me querías —dijo la tía Polly en un tono de amargura que afligió al muchacho— Habría sido algo saber que habías pensado en ello, aunque no lo hubieses hecho.

Vamos, tía, eso no significa nada —exclamó Mary—. Tom es tan atolondrado y anda siempre tan apurado que nunca piensa en nada.

—¡Pues mayor pena entonces! Sid lo habría pensado. Y Sid lo habría hecho también. Tom, algún día, cuando ya sea demasiado tarde, te arrepentirás de no haberme querido más cuando te habría costado tan poco.

—Pero, tía, usted sabe que yo la quiero —dijo Tom.

—Lo sabría mejor si lo demostraras.

—Desearía haberlo pensado —replicó Tom con tono arrepentido—, pero soñé con usted. Esto ya es algo, ¿no es cierto?

—No es mucho; hasta un gato lo hace... Pero es mejor que nada. ¿Qué soñaste?

—El miércoles en la noche soñé que usted estaba sentada allí junto a la cama, con Sid al lado de la cómoda y Mary cerca de él.

—Y así fue, como siempre lo hacemos. Me alegro de que en tus sueños te hayas preocupado tanto de nosotros.

—Y soñé también que la mamá de Joe Harper estaba aquí.

—¡Vaya! ¡Pues si que estaba! ¿Soñaste algo más?

—¡Oh, muchas cosas! Pero ya casi no me acuerdo.

—¡Vaya! Trata de recordar... ¿Puedes?

—De alguna manera me parece que el viento... el viento soplaba la... la...

—¡Recuerda, Tom! El viento sopló alguna cosa. ¡Vamos!

Tom se paretó la frente con las manos durante un minuto de ansiedad y luego dijo:

—¡Ya me acuerdo! ¡Ya lo recuerdo! Sopló la vela.

—¡Dios nos asista!... Sigue, Tom sigue...

—Déjeme pensar un poco... un poquito. ¡Ah, sí! Dijo usted que creía que la puerta estaba abierta.

—¡Tan cierto como que estoy aquí sentada, eso dije! ¿Verdad que dije eso, Mary? ¡Sigue, Tom!

—Y después... después... bueno, no estoy muy seguro, pero me parece que le dijo usted a Sid que fuera y... y...

—¿Y luego? ¿Y luego? ¿Qué le dije que hiciera, Tom? ¿Qué le dije que hiciera?

—Le mandó usted que... ¡ah!, que cerrase la puerta!

—¡En el nombre de dios! ¡No oí nada semejante en toda mi vida! Que no me digan ya que no hay algo en los sueños. No ha de pasar una hora sin que sepa todo esto Sereny Harper. Quisiera ver qué opina con todas sus pamplinas sobre supersticiones... ¡Sigue, Tom!

—Lo estoy ya viendo todo tan claro como la luz. Luego dijo usted que yo no era malo, sino travieso y alocado, y no más responsable que... que... creo que un potrillo, o algo así.

—¡Así, al pie de la letra! ¡Vaya! ¡Dios todopoderoso! ¡Sigue, Tom!

—Y luego, usted empezó a llorar

—Así fue. Así fue. Y tampoco era la primera vez... Y después...

—Y luego la señora Harper también empezó a llorar y dijo que con Joe sucedía lo mismo, y dijo que ojalá no le hubiera pegado por haberse él comido la crema, cuando ella misma la había tirado.

—¡Tom! ¡El espíritu había descendido sobre ti! ¡Estabas profetizando! ¡Dios me valga! Prosigue, Tom.

—Luego Sid dijo... dijo...

—No creo haber dicho nada —dijo Sid.

—Sí; dijiste algo, Sid —Dijo Mary.

—¡Cierren el pico y que hable Tom! ¿Qué dijo Sid, Tom?

—Dijo... creo que dijo que esperaba que lo pasase mejor donde estaba, pero que si yo hubiese sido mejor en algunas ocasiones...

—¿Lo oyen ustedes? ¡Ésas fueron sus propias palabras!

—Y usted hizo que se callase.

—¡Así mismo fue! Debió haber un ángel por aquí. ¡Aquí había un ángel por alguna parte!

—Y la señora Harper contó que Joe la había asustado con un petardo y usted contó lo de Perico y el "matadolores"...

—¡Tan cierto como que existo!

—Después hubo mucha plática acerca de dragar el río para buscarnos, y acerca de que los funerales serían el domingo; y luego usted y ella se abrazaron y lloraron y después ella se marchó.

—¡Exactamente así fue! Así precisamente, tan cierto como que estoy sentada en esta silla. Tom, no podrías contarlo mejor aunque lo hubieses visto. ¿Y después qué pasó? Sigue, Tom.

—Después me pareció que rezaba usted por mí... y podía verla, y escuchar cuanta palabra decía. Y se acostó usted, y sentía yo tanta pena, que cogí un pedazo de corteza de árbol y escribí en ella: "No estamos muertos; tan sólo estamos siendo piratas", y la puse en la mesa junto al candelero; y parecía usted tan buena allí, acostada y durmiendo, que me incliné y le di un beso.

—¿De veras, Tom, de veras? ¡Todo te lo perdono por eso!

Y estrechó al muchacho en un apretadísimo abrazo, que hizo que éste se sintiera como el más culpable de los villanos.

—Fue algo de veras bueno, aun cuando sólo fue... un sueño —balbució Sid en forma apenas audible.

—Aquí tengo una manzana de las mejores, que he estado guardando para ti, Tom, si te encontraban de nuevo. Ahora vete a la escuela. Vete, Sid; tú también, Mary, y tú, Tom. Váyanse, ya me han entretenido bastante.

Los niños partieron para la escuela, y la anciana se apresuró a llamar a la señora Harper para desvanecer su incredulidad con el maravilloso sueño de Tom. A Sid le pareció más acertado no decir lo que estaba pensando al salir de su casa. Era lo siguiente:

"¡Qué raro! ¡Un sueño tan largo como ése y sin ninguna equivocación!"

Tom se había convertido en un héroe.

En la escuela, los chicos les dieron tanta importancia a él y a Joe, brindándoles pruebas con la elocuente admiración de sus miradas, que los héroes no tardaron en ponerse insoportablemente vanidosos. Comenzaron a contar sus aventuras a los ávidos oyentes, pero tan sólo comenzaron, pues era difícil darles fin con una imaginación como las suyas para añadir material. Por último, cuando sacaron sus pipas y se pusieron serenamente a fumar, alcanzaron la cumbre de la gloria.

Tom decidió que ya no necesitaba a Becky Thatcher. La gloria era suficiente: viviría para la gloria. Ahora que era un personaje, quizá ella deseara reconciliarse. Bueno, que lo intentara. La vería tan indiferente como a cualquier otra persona. Al rato llegó ella. Tom pretendió no verla.

Muy pronto Becky dejó de jugar y echó a andar con paso indeciso suspirando de tanto en tanto y dirigiendo miradas furtivas en dirección a Tom. Observó que éste hablaba más con Amy Lawrence que con los demás. Sintió un vuelco en el corazón y se puso nerviosa e inquieta.

Entonces se levantó con una mirada vengativa en los ojos y echando hacia atrás sus trenzas en un gesto de desafío se dijo que ya sabía lo que tenía que hacer.

En el recreo Tom continuó coqueteando con Amy, muy satisfecho de sí mismo y caminando de un lado a otro para encontrar a Becky y herirla con su actitud. Por fin la vio, pero el color de su alegría sufrió un repentino enfriamiento; ella estaba sentada cómodamente en un pequeño banco detrás de la escuela mirando un álbum de fotografías con Alfred Temple; y tan metidos estaban en su entretenimiento y sus cabezas tan juntas sobre el álbum, que no parecían darse cuenta de lo que les rodeaba.

Los celos hicieron hervir la sangre de Tom en sus venas. Empezó a odiarse por haber desperdiciado la oportunidad que Becky le brindó para su reconciliación. Se llamó idiota y se aplicó cuantos calificativos más severos pudo pensar. Sentía hasta ganas de llorar.

La conversación de Amy se le hizo intolerable. "¡Cualquier otro muchacho!" masculló Tom rechinando los dientes.

A mediodía, Tom voló a su casa. Su conciencia no podía soportar más la agradecida felicidad de Amy, y sus celos no podían tolerar ni un minuto más la otra pena. Becky reanudó la inspección de las fotografías con Alfred, pero como los minutos pasaban y Tom no venía a sufrir, su triunfo comenzó a empañarse y perdió interés; se tornó distraída, grave y melancólica; dos o tres veces aguzó el oído creyendo oír pasos, pero era una falsa esperanza; Tom no venía. Por último se sintió completamente deprimida y deseó no haber llevado las cosas hasta tales extremos. Cuando el pobre Alfred, viendo que la perdía y no sabiendo ya qué hacer, exclamó: "¡Oh, aquí hay una buena! ¡Mira!" Ella díjole con malhumor: "¡Oh, deja de molestarme! ¡No me interesa!", y rompiendo a llorar, se levantó y se fue.

Alfred entró pensativo en la desierta escuela. Se sentía humillado y furioso. Fácilmente adivinó la verdad: la chica lo había utilizado para vengarse de Tom. Lejos de reconciliarlo con Tom, este pensamiento lo hizo odiarlo aún más. Deseaba encontrar alguna manera de acarrearle un disgusto al muchacho, sin arriesgarse él mucho. Sus ojos se posaron en la gramática de Tom: aquí tenía una oportunidad. Abrió el libro por la página donde estaba la lección para la tarde y la embadurnó de tinta. Becky, que en aquel momento se asomaba por la ventana, vio la maniobra y se alejó, sin delatar su presencia. Echó a andar hacia su casa con la intención de encontrar a Tom y contarle lo ocurrido: Tom se sentiría agradecido, y sus disgustos terminarían. Antes de que estuviera a la mitad del camino había cambiado de idea: el recuerdo de cómo Tom la trató cuando hablaba de la merienda la volvió a mortificar y a llenarla de vergüenza. Resolvió entonces dejar que lo castigaran por haber manchado el libro y odiarlo por toda la vida.

Capítulo XIX

Tom llegó a su casa muy apenado, y por lo primero que oyó decir a su tía se dio cuenta de que había llevado sus penas hacia un terreno poco propicio.

—Tom, me dan ganas de despellejarte vivo.

—Pero, tía, ¿qué he hecho?

—Has hecho bastante. Yo, que inocentemente voy a contarle a Sereny Harper tu maravilloso sueño, y ella que ya sabía por Joe que tú habías venido esa noche aquí y oído toda la conversación. Tom, verdaderamente no sé qué será de un niño que se comporta de esa manera. Me apena mucho ver que pudiste dejarme ir a casa de Sereny Harper y pasar por tonta ante ella, sin siquiera decirme una palabra.

—Tía, ojalá no lo hubiera hecho, pero no pensé...

—¡Qué criatura ésta! Nunca piensas en otra cosa que en lo que satisface tu egoísmo.

—Tía, ya sé que fue una mala acción, pero no fue ésa mi intención. Se lo juro. Además no vine aquí a reírme de ustedes.

—Y entonces ¿a qué viniste?

—Vine a decirle que no se preocupara por nosotros, que no estábamos ahogados.

—Tom, Tom, sería la mujer más feliz del mundo si supiera que tuviste una idea tan buena, como ésa, pero sabes que no es cierto. Y yo también lo sé, Tom.

—Es verdad, tía. Que me muera si no es cierto.

—Pero no puede ser, porque, si es cierto, ¿cómo es que no me lo dijiste, criatura?

—Pues mire, tía; cuando empezaron a hablar del funeral, se me ocurrió la idea de venir los tres y escondernos en el templo, y no pude resistir a la tentación, así que volví a guardar el trozo de sicomoro en el bolsillo y me callé la boca.

—¿Qué trozo de sicomoro?

—Un trozo de corteza donde había escrito para avisarle que nos habíamos escapado. Ahora quisiera que usted se hubiera despertado cuando la besé, se lo juro.

—¡Bésame de nuevo, Tom! Ahora vete a la escuela y no me molestes más.

En cuanto se fue, la anciana corrió al ropero y sacó la arruinada chaqueta con que Tom se había lanzado a la piratería. Pero se detuvo, indecisa, con ella en la mano, y se dijo: "No, no me atrevo. Pobrecito, estoy segura de que mintió; pero es una mentira piadosa".

Buscó en el bolsillo del saco, y un momento después estaba leyendo, con los ojos anegados en lágrimas, lo que Tom había escrito en el trozo de sicomoro.

"¡Ahora le perdonaría a ese chico aunque cometiera un millón de pecados!", se dijo.

Capítulo XX

Había algo en la manera en que la tía Polly besó a Tom que barrió sus penas y lo dejó de nuevo contento y feliz. Se dirigió a la escuela, y tuvo la suerte de encontrarse con Becky Thatcher en el camino. Su estado de ánimo determinaba siempre su forma de comportarse. Sin un momento de duda, corrió hacia ella y le dijo:

—Me porté muy mal contigo hoy, Becky, y lo siento. Te juro que nunca jamás en la vida lo volveré a hacer. Por favor, perdóname.

La niña no paró y lo miró despreciativamente.

—Le agradeceré que no me moleste, Tomás Sawyer. Nunca volveré a dirigirle la palabra.

Dicho esto, irguió la cabeza y continuó su camino. Tom quedó tan sorprendido que no tuvo la presencia de ánimo para contestarle.

Tan enojada estaba Becky que le parecía que no podría esperar a que empezase la clase y Tom fuera castigado por haber manchado su gramática.

La pobrecita no sabía lo rápidamente que se le estaba aproximando un gran disgusto. El maestro Dobbins había llegado a la edad madura con una ambición insatisfecha: su sueño dorado era ser médico, pero la pobreza lo había condenado a no ser más que maestro de una escuela de pueblo. Todos los días, cuando no dictaba clase, sacaba un misterioso libro bajo cuatro llaves.

Cuando Becky pasaba junto al escritorio que quedaba cerca de la puerta, vio que la llave estaba en la cerradura. Era un momento precioso. Miró a su alrededor: se encontraba sola, al minuto el libro estaba en sus manos. El título: "Anatomía del profesor Fulano de Tal", no le aclaró nada, de modo que comenzó a hojear las páginas. Pronto dio con una lámina muy bien impresa y hermosamente coloreada que representaba una figura humana completamente desnuda. En ese momento una sombra cayó sobre la página, y Tom Sawyer se paró en la puerta y alcanzó a ver la estampa. Becky trató de cerrar el libro apresuradamente, pero tuvo la mala suerte de romper la página por la mitad. Colocó el volumen en el escritorio, cerró el cajón con llave y rompió a llorar, avergonzada y molesta.

—Tom Sawyer, eres un perverso. ¡Espiar a una persona para ver lo que está mirando!

—¿Cómo podía saber yo que estabas mirando algo?

—¡Acúsame, si quieres! Yo sé de algo que va a pasar. Espera y verás. ¡Odioso, odioso, odioso! —y salió volando del salón de clases, con una nueva explosión de llanto.

"¡Qué tontas y qué raras son las chicas! Por supuesto que no le diré nada al viejo Dobbins, porque hay otra manera menos perversa de vengarse de ella".

Tom se unió al grupo de escolares, que estaban jugando afuera. Minutos más tarde llegó el maestro y comenzó la clase.

A poco se hizo el descubrimiento del estropicio en la gramática de Tom, cuya mente estuvo ocupada en sus propios asuntos durante un buen rato.

Tom recibió su castigo y volvió muy tranquilo a su asiento. Pasó una hora; el maestro estaba sentado en su trono, cabeceando, y el ambiente se hacía cada vez más pesado con el murmullo del estudio. De pronto, el señor Dobbins se enderezó, bostezó, abrió su escritorio y buscó el libro, pero parecía indeciso entre sacarlo y dejarlo. La mayoría de los alumnos miraban indiferentes, pero había dos de ellos que observaban sus movimientos con los ojos fijos. El señor Dobbins pasó sus dedos sobre el libro, con ademán distraído, durante un rato, después lo sacó y se acomodó en la silla para leer.

Tom echó un ojeada a Becky. Ella tenía la mirada de un indefenso y acosado conejillo frente al cañón de una escopeta. Al instante olvidó su pelea con ella. ¡Pronto! Debía hacer algo, y rápido, pero la inminencia del peligro paralizó su inventiva. Se produjo un profundo silencio. El maestro estaba acumulando cólera; luego habló:

—¿Quién rasgó este libro?

Nadie respondió.

El maestro recorrió con la mirada las filas de los muchachos, pensó un rato y luego se volvió hacia las niñas.

—Rebeca Thatcher (Tom la miró a la cara; estaba pálida de terror); ¿fuiste tú? No, mírame a la cara (sus manos se levantaron suplicantes); ¿rompiste tú este libro?

Una idea cruzó por la mente de Tom como un relámpago.

Se puso de pie y gritó:

—¡Yo fui!

Toda la clase se quedó perpleja frente a esta increíble locura. Embriagado por la satisfacción de su propio acto, soportó sin una queja la más despiadada tunda que había propinado hasta entonces el señor Dobbins.

Tom se fue a la cama esa noche madurando planes de venganza contra Alfred Temple, pues, avergonzada y arrepentida, Becky le había contado todo, sin olvidar su propia traición.

Capítulo XXI

Se aproximaban las vacaciones. El maestro, siempre severo, se tornó más estricto y preciso que nunca, pues quería que la escuela hiciera un buen papel el día de los exámenes. Su vara rara vez estaba ociosa, al menos entre los alumnos más pequeños.

A medida que se aproximaba el gran día, todo el despotismo que tenía dentro asomó a la superficie; parecía experimentar un placer morboso en castigar las menores faltas. La consecuencia era que los más pequeños se pasaban el día aterrorizados y las noches planeando venganza. No perdían oportunidad de hacer algún daño al maestro, pero éste siempre les llevaba ventaja. Por último conspiraron todos juntos y dieron con un plan que prometía una victoria rotunda. La esposa del maestro se disponía a pasar unos días de campo, y no habría ningún obstáculo que impidiera llevar a cabo el plan; el maestro se preparaba para las grandes ocasiones emborrachándose, y el hijo del pintor de letras dijo que, cuando Dobbins estuviera en tales condiciones el día de los exámenes, él "arreglaría el asunto" mientras dormitaba en su sillón; entonces lo haría despertar con los minutos justos para llegar a la escuela.

Llegó por fin la esperada ocasión. A las ocho de la noche, la escuela estaba brillantemente iluminada y adornada con guirnaldas de ramas y flores. El maestro se hallaba sentado como en un trono en su gran sillón colocado sobre una plataforma, con el pizarrón detrás. Tenía una expresión bastante amable.

Los ejercicios comenzaron. Levantóse un niñito, que tímidamente recitó: "Quizá no esperéis que un niño de mi edad se atreva a recitar", etcétera.

Tom Sawyer se adelantó con paso seguro y atacó con gran furia y frenéticas gesticulaciones el inextinguible e indestructible discurso: "Dadme libertad o dadme muerte", pero se detuvo a la mitad. Un pánico horrible se apoderó de él; le temblaban las piernas y estuvo a punto de ponerse a llorar. Es cierto que tenía consigo la manifiesta simpatía de los concurrentes, pero también tenía su silencio, que era peor que su simpatía. El maestro frunció el entrecejo, y esto completó el desastre. Tom luchó un momento y luego se retiró totalmente vencido. Hubo una débil tentativa de aplauso, que murió al comenzar.

Le siguieron otras joyas de la declamación, como: "El niño sobre la cubierta en llamas" y "La vuelta del asirio". Después vinieron los ejercicios de lectura y ortografía. La reducida clase de latín recitó con honor. Llegó después la parte principal del programa: composiciones originales por las jóvenes. A su turno, cada una se adelantó hasta el borde de la plataforma, aclaró la voz, desenvolvió un rollo (atado con una cinta) y procedió a leer con artificioso cuidado de la expresión y la puntuación. Los temas eran los mismos que han desarrollado antes que ellas, en ocasiones similares, sus madres, sus abuelas y, sin lugar a dudas, toda la rama femenina de sus antepasados desde la época de las Cruzadas.

Es interesante hacer notar de paso que abundaban las composiciones en que la palabra "bello" era la favorita, y que comparaban las experiencias humanas con "las páginas de la vida".

El maestro, hablando hasta casi el borde de la cordialidad, apartó su silla, dio la espalda al auditorio y comenzó a dibujar en el pizarrón un mapa de América para los ejercicios de geografía, pero le temblaba el pulso y lo hizo bastante mal. Un murmullo de risas ahogadas recorrió el recinto. Diose cuenta de la causa, y se propuso enmendarlo. Borró algunas líneas y las trazó de nuevo, pero no logró sino empeorar el trabajo, por lo que las risas se hicieron más notables. Puso entonces toda su atención en la tarea, resuelto a no dejarse amedrentar y sintiendo que todos los ojos estaban puestos en él. Imaginaba que lo estaba haciendo bien; pero, a pesar de todo, el murmullo continuaba y, lo que es más, aumentaba. Y razón para ello había: en el techo, justamente

sobre la cabeza del maestro, había un boquete que daba a una buhar-
dilla, y por ella apareció un gato suspendido de una cuerda, envuelta la
cabeza con un trapo para evitar que maullara; cuando iba descendien-
do, arqueó el cuerpo hacia arriba y arañó la cuerda; luego se dobló
hacia abajo y dio un zarpazo en el aire. Las risas aumentaron cada vez
más. El gato estaba a pocos centímetros de la cabeza del absorto maestro; siguió bajando, bajando, hasta que hundió sus garras en la peluca,
de la que se asió con fuerza, y de repente tiraron de él hacia arriba con
el trofeo en sus uñas. ¡Cómo brillaba la calva del maestro! Como que el
hijo del pintor le había dado una mano de dorado.

Este incidente puso fin a la reunión. Los chicos estaban vengados.
Comenzaban las vacaciones.

Capítulo XXII

Tom ingresó en la nueva orden de Cadetes del antialcoholismo, atraído por lo vistoso de sus emblemas e insignias. Prometió privarse de fumar, masticar goma o cualquier otro placer profano, mientras fuese miembro de la orden. En esta forma descubrió una cosa: que nada hay mejor que desear perpetrar algo, que haber prometido no hacerlo. Pronto se sintió atormentado por el deseo de beber y maldecir, que se hizo tan intenso que sólo la esperanza de tener una oportunidad para lucirse con su banda roja lo contuvo a renunciar a la orden.

Se aproximaba el 4 de julio, pero no se ocupó de pensar en eso. Durante tres días Tom anduvo preocupado por la salud de un juez, quien lo había impresionado por su insigne historial; lo cual lo motivaba a portar las insignias. Por último empezó a mejorar y entró en el periodo de la convalecencia. Sin embargo, esa misma noche el juez sufrió una recaída y murió. Tom estaba indignado, y hasta se sentía ofendido. Presentó inmediatamente su renuncia a la orden, y resolvió que nunca jamás volvería a confiar en un hombre como ése.

Con todo, Tom era un muchacho libre nuevamente, y esto significaba algo. Ahora podía beber y maldecir, pero con gran sorpresa descubrió que ya no quería hacerlo. El simple hecho de poderlo hacer le quitó el deseo y todo el encanto que tenía.

Tom llegó a la conclusión de que su tan codiciada vacación estaba empezando a resultarle un poco pesada.

Hasta el glorioso 4 de julio fue en parte un fracaso, pues llovió copiosamente. Como era lógico, no hubo desfile.

Llegó un circo. Los muchachos armaron otro con alfombras viejas y jugaron con él tres días seguidos, cobrando por la entrada tres alfileres a los niños y dos a las niñas, pero luego se aburrieron de esto.

Becky Thatcher se había ido a su casa de Constantinopla a pasar las vacaciones con sus padres, de modo que la vida no tenía para Tom ningún aspecto agradable.

El horrible secreto del asesinato era una desgracia crónica que lo torturaba continuamente.

Después llegó el sarampión. Durante dos largas semanas Tom estuvo prisionero, muerto para el mundo y sus sucesos.

Esa noche hubo una tormenta terrible: la lluvia caía torrencialmente, los truenos hacían temblar la casa y los relámpagos atravesaban el firmamento. Tom se cubrió la cabeza con las frazadas y esperó horrorizado su fin, pues no le cabía la menor duda de que todo ese alboroto era por su culpa.

Al día siguiente volvió el médico. Tom había sufrido una recaída. Las tres semanas que tuvo que pasar en cama se le hicieron un siglo. Cuando, por fin, se levantó, casi lamentaba haberse librado de la muerte, recordando que estaba solo y sin compañeros. Salió a la calle, y se encontró con Jim Hollis haciendo de juez ante un jurado infantil que estaba juzgando a un gato por asesino, en presencia de su víctima: un pájaro. Encontró también a Joe Harper y a Huck Finn en una callejuela solitaria, comiendo un melón robado. ¡Pobres muchachos! Ellos, como Tom, habían sufrido una recaída.

Capítulo XXIII

Por fin la atmosfera soñolienta del pueblo fue sacudida vigorosamente. El proceso del asesinato iba a ventilarse en los tribunales, lo que se convirtió en el tema principal de todas las conversaciones. Tom no podía librarse de éste. Cada referencia que se hacía respecto del crimen le paralizaba el corazón, porque su conciencia culpable y sus temores lo llevaban a creer que todas estas alusiones eran hechas especialmente para que él las oyera. No veía cómo era posible que nadie sospechase que él estaba enterado de los detalles del crimen; pero, con todo, no se sentía muy tranquilo en medio de esas murmuraciones. Vivía en un continuo sobresalto. Buscó a Huck y lo llevó a un lugar solitario para hablar con él. Sería un alivio poder desahogarse con alguien, dividir la carga de aflicciones con otra víctima. Además, quería estar seguro de que Huck había guardado silencio.

—Huck, ¿has hablado alguna vez con alguien de eso?

—¿De qué?

—Tú sabes a qué me refiero.

—¡Ah! Por supuesto que no.

—¿Nunca, ni una palabra?

—Ni una sola palabra, te lo juro. ¿Por qué me preguntas?

—Porque tenía miedo.

—Pero tú estás loco; si esto se llega a descubrir, no tendríamos ni dos días de vida. Tú lo sabes.

Tom se sintió más tranquilo. Después de una pausa agregó:

—Nadie te podría obligar a decirlo, ¿eh, Huck?

—¿Obligarme a hablar? Si quisiera que ese mulato me matara, entonces hablaría. Así sería la única forma.

—Bueno, entonces está bien. Creo que estamos seguros mientras nos quedemos callados. Pero, con todo, es mejor que juremos de nuevo. ¡Así estamos más seguros!

—De acuerdo.

Inmediatamente juraron de nuevo, con todas las solemnidades del caso, seguir guardando el secreto.

Los muchachos hablaron durante un largo rato, pero no consiguieron consolarse. Al caer la tarde andaban por las vecindades de la desolada cárcel, quizá con la esperanza de que sucediese algo que los librara de sus dificultades. Pero nada sucedió; parecía que no había ángeles ni hadas que se interesaran por el desgraciado cautivo.

Los chicos hicieron algo que ya habían hecho antes a menudo: se acercaron a la reja de la cárcel y dieron a Potter tabaco y fósforos. Éste se hallaba en la planta baja y no tenía guardián.

Su gratitud por los regalos siempre les había causado remordimientos de conciencia, pero esta vez los afligió aún más. Se sintieron cobardes y traidores hasta el último grado cuando Potter dijo:

—Han sido muy buenos conmigo, muchachos; mejores que cualquiera de los del pueblo. Y no lo olvido. A menudo me he dicho: "Yo les remendaba los barriletes, les enseñaba donde había buena pesca, les ayudaba en lo que podía, pero todos se han olvidado, y yo no me olvido de ellos". Bueno, muchachos; he hecho algo terrible estando borracho y loco, porque es en la única forma en que me lo explico, y tengo que pagar por lo que hice.

Tom volvió a su casa tristísimo; esa noche tuvo pesadillas horribles. Al día siguiente y al otro anduvo rondando por los tribunales, arrastrado por un impulso irresistible de entrar, pero conteniéndose de hacerlo. Al final del segundo día se comentaba en el pueblo que las declaraciones del mulato Joe eran tan firmes e irrefutables, que no existía la menor duda sobre cuál sería el veredicto del jurado.

Tom estuvo afuera hasta muy tarde, esa noche, y entró en su dormitorio por la ventana. Estaba terriblemente excitado y tardó muchas horas en dormirse. A la mañana siguiente todo el pueblo acudió al tribunal, pues era el gran día. Ambos sexos estaban igualmente representados entre la nutrida concurrencia. Después de una larga espera llegaron los integrantes del jurado y ocuparon sus lugares; poco más tarde, Potter, pálido y ojeroso, tímido y desalentado, fue traído con las esposas puestas y colocado donde todas las miradas curiosas pudiesen observarlo bien; no menos visible estaba el mulato Joe, más imperturbable que nunca. Hubo otra pausa, y luego llegó el juez. El sherif declaró abierta la sesión.

Se llamó a un testigo para que declarase que había encontrado a Muff Potter lavándose en el arroyo, a una hora temprana, la mañana en que el crimen fue descubierto, y que aquél se había escapado inmediatamente. Después de algunas preguntas más, el fiscal dijo:

—La defensa puede interrogar.

El acusado levantó sus ojos por un momento, pero los bajó de nuevo cuando su propio abogado respondió:

—No tengo nada que preguntarle.

El siguiente testigo habló cerca del hallazgo del cuchillo junto al cadáver.

El fiscal dijo:

—La defensa puede interrogar.

—No tengo nada que preguntarle —repuso el abogado de Potter.

Un tercer testigo juró haber visto varias veces el cuchillo en manos de Potter.

—La defensa puede interrogar.

El abogado de Potter renunció también a interrogarlo. Los rostros de los concurrentes empezaron a revelar fastidio. ¿Pensaba este abogado no hacer ningún esfuerzo por salvar la vida de su cliente?

El fiscal dijo entonces:

—Bajo el juramento de ciudadanos cuya simple palabra está por encima de toda sospecha, queda probado, sin ninguna posibilidad de duda, que este horrible crimen fue cometido por el desdichado aquí presente. A la acusación no le resta nada que añadir.

El abogado defensor se levantó y dijo:

—Señor juez: al comienzo de este proceso anuncié el propósito de probar que mi defendido cometió este horrendo hecho bajo la influencia de un enceguecedor e irresponsable delirio producido por el alcohol. He cambiado de idea: no ofreceré este alegato.

Dirigióse después al alguacil y dijo: —Que se llame a Tomás Sawyer.

Una expresión de sorpresa asomó en todos los rostros, incluso en el de Potter. Todas las miradas se concentraron en Tom cuando éste se levantó y ocupó el banquillo. El muchacho tenía un aspecto extraño, pues estaba muy asustado. Inmediatamente le hicieron jurar.

—Tomás Sawyer, ¿dónde estabas el 17 de junio, alrededor de medianoche?

Tom echó una mirada al impávido rostro del mulato Joe y no pudo pronunciar palabra. El auditorio esperaba la respuesta sin respirar, pero las palabras no acudían a su boca. Después de unos minutos, el chico logró reponerse un poco y dijo en forma que sólo algunas personas pudieron oír:

—¡En el cementerio!

—Un poco más fuerte, por favor. No tengas miedo. Estabas en...

—En el cementerio.

Una sonrisa desdeñosa apareció en el rostro del mulato Joe.

—¿Estabas cerca de la tumba de Hoss Williams?

—Sí, señor.

—Habla un poco más alto. ¿A qué distancia estabas?

—Tan cerca como estoy ahora de usted.

—¿Estabas escondido o no?

—Estaba escondido.

—¿Dónde?

—Detrás de los olmos que están junto a la tumba.

El mulato Joe se sobresaltó en forma apenas perceptible.

—¿Alguien se hallaba contigo?

—Sí, señor. Fui con...

—Espera, espera un momento. No digas el nombre de tu compañero. Ya lo mencionaremos en el momento oportuno. ¿Llevabas algo contigo?

Tom vaciló, confundido.

—Habla, muchacho; no temas. La verdad es siempre respetable. ¿Qué llevaste allí?

Solamente un gato muerto.

Hubo un murmullo de risas que el juez pronto acalló.

—Traeremos como prueba el esqueleto del gato. Ahora, Tom, cuéntanos todo lo que ocurrió; dilo a tu manera, sin olvidarte de nada y sin miedo.

Tom comenzó; vacilaba al principio, pero, a medida que iba avanzando en su relato, las palabras le salían cada vez más fácilmente. Muy pronto no se oyó otro ruido que el de su propia voz; todas las miradas estaban fijas en él. Con la boca abierta, y casi sin respirar, el auditorio estaba pendiente de sus palabras, inconsciente del tiempo, absorto tan sólo en la horrenda y fascinadora historia. La tensión de los concurrentes llegó a su punto culminante cuando el chico dijo: "Y cuando el médico agarró la tabla y Muff Potter cayó, el mulato Joe saltó con el cuchillo y..."

¡Zas! Más ligero que un rayo, el mulato saltó por la ventana, se abrió paso entre los que se oponían a su huida y desapareció.

Capítulo XXIV

De nuevo era Tom un ilustre héroe, mimado por los viejos y envidiado por los jóvenes. Hasta pasó a la posteridad, pues el diario del pueblo publicó y magnificó su hazaña. Había quienes creían que llegaría a ser presidente, si se libraba de que lo ahorcasen.

Como siempre, el veleidoso e irresponsable mundo acogió calurosamente a Muff Potter, abrumándolo tanto con sus atenciones como antes con sus desprecios. Pero esta conducta es natural, y, por lo tanto, no puede criticarse.

Los días de Tom eran de esplendor y triunfo, pero las noches eran de horror indescriptible. Poblaba sus sueños la imagen del mulato Joe, que lo miraba siempre con ojos de venganza; no había nada que le hiciese asomar a la calle al caer la noche. El pobre Huck se encontraba en el mismo estado de nerviosismo y terror, pues Tom le había contado toda la historia al abogado la noche anterior al gran día del proceso, y Huck temía que su parte en el asunto se llegase a descubrir a pesar de que la escapada del mulato Joe lo había salvado del sufrimiento de tener que declarar ante el tribunal. De día, la gratitud de Muff Potter hacía alegrar a Tom de haber hablado, pero por la noche deseaba más bien haberse quedado callado. La mitad del tiempo temía que el mulato nunca fuese capturado; la otra mitad que lo fuese. Estaba seguro de que nunca podría respirar tranquilo hasta que ese hombre muriera y él viera su cadáver.

Se habían ofrecido recompensas por su captura, se había registrado toda la región, pero el mulato Joe no aparecía.

Los días se deslizaban apaciblemente y a medida que pasaban Tom tranquilizábase poco a poco.

Capítulo XXV

Hay un momento en la vida de todo chico normal en que se le despierta un imperioso deseo de ir hacia algún lugar y cavar en busca de un tesoro escondido. Este deseo se manifestó un día en Tom.

Salió en busca de Joe Harper, pero no lo encontró. Después buscó a Ben Rogers, y éste se había ido a pescar. De improviso tropezó con Huck Finn, el Mano Roja. Huck lo acompañaría. Tom lo llevó a un lugar apartado y le planteó la cuestión confidencialmente.

—¿Dónde cavaremos? —preguntó Huck.

—¡Oh, en cualquier parte!

—¡Cómo! ¿Está escondido en todas partes?

—Por supuesto que no. Está escondido en lugares muy especiales, Huck.

—¿Quién lo esconde?

—Los ladrones, lógicamente.

—No sé. Si fuera mío, no lo escondería; lo gastaría y me divertiría bastante.

—¿Y no vuelven a buscarlo después?

—No; creen que volverán, pero generalmente se olvidan de las marcas o se mueren. La cuestión es que queda allí durante mucho tiempo y se llena de musgo; después alguien encuentra un papel amarillento que indica cómo encontrar las marcas, un papel que requiere una semana para ser descifrado, porque está todo escrito con signos y jeroglíficos.

—¿Tienes uno de esos papeles, Tom?

—No.

—Bueno, pero, entonces, ¿cómo vas a encontrar las marcas?

—No necesito ninguna marca. Sé muy bien que siempre lo esconden bajo una casa encantada, en una isla o bajo un tronco viejo que tiene una rama saliente. Por lo tanto, podemos empezar buscando en la ísla Jackson.

—Pero, Tom, te va a llevar el verano entero.

—¿Y qué? Supónte que encuentras una olla de cobre con cien dólares adentro, todos enmohecidos, o un viejo cofre lleno de diamantes. ¿Qué te parece?

Los ojos de Huck brillaron de contento.

—Sería magnífico, estupendo. Dame los cien dólares, y ya no quiero los diamantes.

—Está bien. Seguro que yo no desprecio los diamantes.

—Pero dime, ¿dónde vas a cavar primero?

—Todavía no sé. ¿Qué te parece si empezamos por el tronco que está en la colina, junto a la destilería?

—Me parece bien.

Ya decididos, buscaron un pico y una pala y emprendieron la caminata, de tres millas. Llegaron sudorosos y fatigados y se tumbaron a la sombra de un olmo, a descansar y fumar un rato.

—Me gusta esto —dijo Tom.

—A mí también.

—Ahora levántate y vamos a cavar.

Trabajaron y sudaron más de media hora, sin resultado alguno. Siguieron cavando otra media hora más todavía, igualmente sin resultado. Huck dijo:

—¿Siempre lo entierran tan hondo?

—Algunas veces, no siempre. Generalmente, no. Creo que no hemos elegido el lugar indicado.

Buscaron otro lugar y comenzaron de nuevo. La labor se demoraba; pero igual hacían progresos. De vez en cuando descansaban un momento en silencio. Finalmente, Huck se apoyó en la pala, se secó el sudor de la frente con la manga y preguntó:

—¿Dónde piensas cavar después de que terminemos aquí?

—Lo mejor será que cavemos junto al viejo tronco que está allá en el cerro Cardiff, detrás de la casa de la viuda.

—Sí, eso está bien. Pero ¿no querrá la viuda quitarnos el tesoro, Tom? Está en su terreno.

—¡Ella quitarnos el tesoro! Que haga la prueba. Los tesoros escondidos son del que los encuentra, no importa de quién es el terreno.

Era una respuesta satisfactoria, de modo que el trabajo continuó. Al rato Huck dijo:

—¡Qué fastidio! Creo que nos equivocamos otra vez. ¿No te parece?

—Es muy raro, Huck. No lo comprendo. A veces intervienen las brujas, creo que es eso lo que pasa ahora.

—¡Bah! Las brujas no tiene poder durante el día.

—Tienes razón. No lo había pensado. ¡Ah, ya sé lo que pasa! ¡Qué tontos somos! Debemos saber primero dónde cae la sombra de la rama a medianoche; ése es el lugar dónde hay que cavar.

—Bueno. entonces esta noche iré por tu casa y maullaré.

—Esta bien. Escondamos las herramientas entre los arbustos.

Esa noche a la hora indicada estaban los muchachos en el lugar. Se sentaron en la sombra, esperando. Después de un rato pensaron que serían las doce, marcaron donde caía la sombra y comenzaron a cavar. Sus esperanzas aumentaban. Por último Tom dijo:

—No hay nada qué hacer, Huck; nos hemos equivocado nuevamente.

—Oye, Tom; abandonemos este lugar y probemos en otra parte.

—Sí, creo que es mejor.

—¿Adónde iremos?

Tom pensó un momento y luego dijo:

—A la casa encantada.

—¡Caramba! No me gustan las casas encantadas, Tom. Son mucho peor que los muertos. Éstos quizá hablen, pero no se deslizan envueltos en mortajas cuando uno está distraído, ni espían sobre los hombros haciendo rechinar los dientes como los fantasmas. Yo no podría soportar una cosa así, Tom, ni nadie podría.

—Sí, pero los fantasmas sólo andan de noche; no nos van a impedir que cavemos durante el día.

—Sí, es cierto. Pero sabes muy bien que la gente no se mete en una casa encantada ni de día ni de noche.

—Bueno, pero eso es porque no les gusta ir a donde han matado a una persona. Además, nadie ha visto nada en esa casa, sólo una lucecita azul de noche, que sale por la ventana; pero no fantasmas.

—Está bien. Vamos a la casa encantada, si así lo quieres; pero creo que corremos peligro.

Los muchachos la observaron un rato, casi esperando ver pasar por la ventana la lucecita azul, y luego, hablando en voz baja, como correspondía a la hora y a las circunstancias, torcieron hacia la derecha, dejando la casa a prudente distancia, y se encaminaron hacia el pueblo por entre los bosques que cubrían los últimos tramos del cerro Cardiff.

Capítulo XXVI

Al día siguiente, a mediodía, los chicos fueron hasta el lugar del viejo tronco, en busca de sus herramientas. Tom sentía impaciencia por ir a la casa encantada; Huck también, aunque con mayor prudencia, pero de repente dijo:

—Oye, Tom, ¿sabes qué día es hoy?

Tom recorrió mentalmente los días de la semana; luego levantó rápidamente los ojos, con una mirada de asombro en ellos, y dijo:

—¡Oh, no lo había pensado, Huck!

—Yo tampoco, pero me acordé de que era viernes.

—¡Caramba! Debemos ser prudentes, Huck. Quizá nos metamos en un lío por hacer esto en viernes.

¿Conoces la historia de Robin Hood?

—No. ¿Quién es Robin Hood?

—Uno de los hombres más grandes que hubo en Inglaterra, el mejor de todos. Era un ladrón.

—¡Qué bien! ¡Ojalá fuera yo uno! ¿A quién robaba?

—Solamente a sherifs, obispos, personas de dinero, reyes y gente así. Pero nunca molestaba a los pobres, a éstos los quería mucho, y siempre dividía sus ganancias con ellos.

—Ha de haber sido un tipo muy simpático.

—Claro que sí. Era el hombre más noble que ha existido. Ahora no hay individuos así, yo te lo aseguro. En una pelea podía vencer a cualquier hombre de Inglaterra con una mano atada atrás y con su arco de tejo atravesaba una moneda de diez centavos a una milla y media de distancia.

Así fue como jugaron a Robin Hood toda la tarde, dirigiendo de cuando en cuando una mirada ansiosa a la casa encantada.

El sábado, poco después de mediodía, los muchachos estaban junto al viejo tronco nuevamente. Fumaron y charlaron a su sombra y luego cavaron un rato en el mismo hoyo que habían abierto, no con muchas esperanzas.

Cuando llegaron a la casa encantada había algo tan misterioso y tétrico en el silencio de muerte que allí reinaba bajo el ardiente sol, algo tan deprimente en la soledad y desolación del lugar, que por un momento no se atrevieron a entrar. Luego se acercaron a la puerta con paso cauteloso y miraron furtivamente hacia adentro.

Al rato, habituados ya al ambiente, examinaron cuidadosamente el lugar, admirados y satisfechos al mismo tiempo de su propia audacia. En seguida se deslizaron por la puerta y, temblando, miraron en el interior. En una pared del piso de arriba encontraron una alacena, promisoria de algo misterioso; pero la promesa era falsa: no había nada adentro. Sintiéronse ya con más coraje y dueños de la situación.

Estaban a punto de bajar y comenzar el trabajo, cuando...

—¡Quédate quieto! ¡No te muevas! Vienen hacia la puerta.

Los muchachos se tiraron al suelo, mirando por los resquicios de las tablas, quedaron esperando, muertos de miedo.

Dos hombres entraron. Cada uno de los chicos se dijo a sí mismo: "Uno de ellos es el español sordomudo que anduvo por el pueblo una o dos veces últimamente, pero al otro no lo he visto jamás".

"El otro" era un individuo harapiento y sucio, con expresión de pocos amigos. Su actitud se hizo menos recelosa, y sus palabras más claras a medida que continuaba.

—No —dijo—, lo he pensado bien y no me gusta. Es muy peligroso.

—¡Peligroso! —gruño el español "sordomudo", con gran sorpresa de los muchachos— ¡Pavadas!

Aquella voz dejó a los muchachos sorprendidos y aterrorizados: ¡era el mulato Joe! Hubo un gran silencio, que Joe interrumpió diciendo:

—¿Es acaso más peligro que aquel trabajo que hicimos allá? Y, sin embargo, no pasó nada.

—Oye, muchacho; tú vuélvete río abajo al lugar donde vives y espera hasta que tengas noticias mías. Yo voy a dar otra vuelta por el pueblo. Ese "trabajo peligroso" lo haremos después que hayamos explorado un poco los alrededores y visto si es el momento propicio. Luego nos iremos juntos a Texas. Además, tengo algo pendiente aquí; una venganza que me corroe...

Esto era un arreglo satisfactorio. Muy pronto los dos hombres comenzaron a bostezar, y el mulato Joe exclamó:

—¡Estoy muerto de sueño! A ti te toca vigilar.

Dicho esto, se echó sobre la hierba y al rato empezó a roncar. Su compañero lo zamarreó una o dos veces, y se quedó callado. Al rato, el que velaba comenzó a cabecear; y no pasó mucho tiempo antes de que los dos estuviesen roncando.

Los muchachos dejaron escapar un suspiro de alivio. Tom dijo en voz baja:

—¡Ahora es nuestra oportunidad! ¡Vamos!

—No puedo —contestó Huck—. Me moriría de miedo si se despertasen.

Tom lo apremió, pero Huck se resistía. Por último, Tom se levantó muy despacio y echó a andar solo, pero el primer paso que dio produjo un crujido tan fuerte del piso que se volvió a agachar muerto de miedo, sin deseos de volver a intentar la huida.

Entonces, uno de los ronquidos cesó. El mulato Joe se incorporó y miró a su alrededor; sonrió ásperamente al ver a su compañero dormido con la cabeza metida entre las piernas y lo despertó de un puntapié diciendo:

—¡Eh! Tú eras el que vigilaba, ¿no? En fin, está bien; no ha pasado nada.

—¡Oh! ¿Me dormí?

—Sí, un poco, un poco. Bueno; ya es hora de que empecemos a movernos, compañero. ¿Qué haremos con lo que nos queda del robo?

—No sé; creo que lo mejor será dejarlo aquí, como siempre lo hemos hecho. No hay para qué llevarlo hasta que no emprendamos el viaje al sur. Seiscientos cincuenta dólares en plata es una carga pesada.

—Esta bien; volveremos aquí una vez más.

—Lo más acertado será que enterremos bien el dinero.

—Es una buena idea —respondió el compañero que, dicho esto, cruzó la habitación, se arrodilló, levantó uno de los ladrillos de la chimenea y sacó una bolsita que tintineaba agradablemente. Retiró de su interior veinte o treinta dólares para él y la misma cantidad para el mulato Joe y luego entregó la bolsa a este último, el cual estaba inclinado cavando un hoyo con su cuchillo.

Los muchachos olvidaron sus temores y penurias en ese momento. Con ojos de asombro y contento observaban todos los movimientos. ¡Tenían más suerte de la que imaginaban! ¡Seiscientos dólares era dinero suficiente para hacer ricos a una docena de chicos! La aventura de la búsqueda del tesoro se presentaba bajo los mejores auspicios: no existía más la incertidumbre del lugar donde debían cavar. A cada minuto los muchachos se codeaban; eran codazos elocuentes muy fáciles de interpretar, pues significaban: "¿No te alegras ahora de estar aquí?"

El cuchillo de Joe chocó con algo.

—¡Caramba! —exclamó.

—¿Qué pasa? —preguntó su camarada.

—Una tabla; no, espera, creo que es una caja.

—Ven, ayúdame, y veremos por qué está aquí. No, déjame, ya le he hecho un agujero.

Metió la mano adentro y la sacó.

—¡Hombre, es dinero!

Los dos individuos examinaron un puñado de monedas: eran de oro. Los chicos, que lo veían todo desde arriba, estaban tan excitados y contentos como ellos.

El compañero de Joe dijo:

—Las sacaremos fácilmente. Hace un minuto vi un pico entre la hierba de aquel rincón, al otro lado de la chimenea.

Corrió hacia allí y trajo el pico y la pala de los muchachos. El mulato Joe tomó el pico, lo examinó minuciosamente, meneó la cabeza, murmuró algo en voz baja y comenzó a trabajar.

Pronto desenterraron la caja. Se trataba de un cofre de tamaño no muy grande, reforzado con herrajes, que debió de haber sido muy fuerte antes de que el tiempo lo carcomiese. Los hombres contemplaron el tesoro durante un rato en profundo silencio.

—Compañero, aquí hay miles de dólares —dijo el mulato Joe.

—Siempre se dijo que la banda de Murrel anduvo por aquí un verano —comentó el desconocido.

—¿Qué haremos con esto? ¿Enterrarlo de nuevo?

—Lo llevaremos a mi guarida.

—¡Tienes razón! ¡Cómo no lo pensamos antes! ¿A la número uno?

—No, a la número dos, debajo de la cruz. El otro lugar no conviene; es demasiado conocido.

—¡Muy bien! Ya está bastante oscuro para irnos.

El mulato Joe se levantó y fue de ventana en ventana espiando hacia fuera. De repente dijo:

—¿Quién habrá traído esas herramientas aquí? ¿Te parece que pueden estar arriba?

A los chicos se les cortó la respiración. El mulato Joe apoyó la mano en su cuchillo, vaciló un momento, indeciso, y luego se encaminó hacia la escalera. Al tratar de subir los ruinosos escalones se desplomaron y el mulato Joe cayó a tierra entre los escombros de la escalera destrozada. Se levantó maldiciendo, y su compañero exclamó:

—¿Para qué diablos haces todo eso? Si hay alguien allá arriba, déjalo tranquilo; ¿a quién le importa?

Joe refunfuñó todavía un rato más; después convino con su amigo en que la poca luz que había debía ser aprovechada en preparar las cosas para la partida. Poco tiempo después salieron de la casa con las últimas luces del crepúsculo y se encaminaron hacia el río con su preciosa caja a cuestas.

Tom y Huck se incorporaron, débiles pero muy aliviados, y miraron hacia fuera por las grietas que habían entre las maderas de la casa. ¿Seguirlos? No. Luego a Tom se le ocurrió una terrible idea:

—¿Venganza? ¿No sería contra nosotros, Huck?

—¡Oh, no! —dijo Huck casi desvanecido.

Discutieron el asunto un rato, y cuando entraron en el pueblo habían llegado a la conclusión de que era posible que fuese contra otra persona; por lo menos, que sólo sería contra Tom, ya que era el único que había declarado.

Capítulo XXVII

La aventura del día aumentó durante la noche los sueños de Tom. Cuatro veces tuvo en las manos el codiciado tesoro y cuatro veces se le desvaneció de entre los dedos, cuando el sueño lo abandonaba y el despertar lo volvía a la realidad de su desgracia. Cuando por la mañana siguiente muy temprano recordaba, acostado todavía, los incidentes de su gran aventura, notó que éstos parecían demasiado vagos y lejanos, como si hubiesen sucedido en otro mundo o en otra época. Luego se le ocurrió que todo debía de ser un sueño.

Los incidentes de su aventura se hicieron cada vez más claros y precisos a fuerza de pensar en ellos, de modo que al fin se mostró inclinado a pensar que, después de todo, podían no haber sido un sueño. Esta incertidumbre debía aclararse. Se levantaría, tomaría pronto su desayuno e iría a buscar a Huck. Éste estaba sentado en la borda de una canoa, absorto y melancólico, chapoteando con los pies en el agua. Tom pensó que lo mejor sería dejar que Huck tocase el tema. Si no lo hacía, tendría la prueba de que la aventura sólo había sido un sueño.

—¡Hola, Huck!

—¿Qué tal, Tom?

Hubo un minuto de silencio.

—Tom, si hubiésemos dejado las malditas herramientas junto al tronco, ahora tendríamos el dinero. ¡Qué mala suerte!

Y fue así como Tom se dio cuenta de que no había soñado, por lo que empezó a dilucidar junto con Huck qué significaba el "número dos" que habían mencionado los rufianes. Luego de una larga reflexión concluyeron que se trataba del número de la habitación de una de las dos posadas que había en ese lugar.

Tom se dedicó a investigar y logró averiguar que en la más modesta de ellas la habitación número dos era un misterio, según le había contado el hijo del posadero, pues aquel cuarto siempre estaba cerrado y nunca había visto entrar ni salir a nadie, excepto por la noche. También pudo enterarse de que la puerta trasera de aquella habitación daba a un callejón sin salida, entre la posada y un almacén de ladrillos.

Finalmente, luego de que se volvieron a reunir Tom y Huck, decidieron conseguir todas las llaves de que pudieran echar mano para tratar de entrar en la habitación y que se dedicarían a vigilar la posada y el callejón.

Capítulo XXVIII

Esa noche, Tom y Huck estaban listos para su aventura. Se apostaron en los alrededores de la posada hasta después de las nueve, uno observando el callejón a la distancia y el otro la puerta de la casa. Nadie entró o salió del callejón; nadie que se pareciese al español entró o salió por la puerta de la posada.

La noche del jueves prometía ser mejor para ellos. Tom salió de su casa cuando encontró un momento para hacerlo, con la vieja linterna de su tía y una toalla para envolverla.

Nadie había entrado o salido del callejón. La ocasión era propicia; la oscuridad completa. El silencio de la noche sólo era interrumpido por lejanos truenos.

Tom sacó la linterna, la encendió en el tonel y la envolvió con la toalla; luego los dos aventureros se dirigieron cautelosamente, envueltos en las sombras, hacia la posada. Huck se quedó de centinela y Tom se encaminó hacia el callejón.

Le parecía que hacía horas que Tom había desaparecido. De repente apareció una luz, y tras ella Tom, agarrando a Huck por el saco le dijo:

—¡Corre, corre, si quieres salvar la vida!

No hubiera necesitado repetirlo; con una vez era suficiente. Los chicos no pararon hasta llegar al cobertizo de un atadero abandonado en las afueras del pueblo.

—¡Huck, fue horrible! Probé dos de las llaves lo más suavemente que pude, pero hacían tanto barullo que casi no podía ni respirar de miedo. Ninguna de las dos llaves daba vuelta en la cerradura. Después, sin darme cuenta de lo que estaba haciendo, apoyé la mano en el picaporte y la puerta se abrió. ¡No estaba cerrada! Me metí, quité la toalla a la linterna y... ¡dios mío!

—¡Qué viste, Tom?

—¡Casi le piso la mano al mulato Joe!

—Oye, Tom, ¿viste el cofre?

—No tuve tiempo de ver nada Huck. No vi el cofre ni la cruz. Lo único que vi fue una botella y un jarrito de aluminio en el suelo, junto al mulato Joe.

—Pero oye, Tom: ahora es el momento oportuno para sacar el cofre, si el mulato Joe está borracho.

—¡Ah, sí? ¡Haz tú la prueba!

—Bueno, no; creo que no.

—Mira, Huck, no volvamos a hacer la prueba hasta que sepamos que el mulato Joe no está allí, es demasiado peligroso. Si vigilamos todas las noches, con seguridad que lo veremos salir en algún momento, y entonces sacamos el cofre con la rapidez de un rayo.

—Estoy de acuerdo. Yo vigilaré esta noche y también todas las demás, siempre que tú hagas la otra parte del trabajo.

—Está bien, lo haré. Todo lo que tienes que hacer es pasar por mi casa y maullar; si estoy dormido, tira una piedrecita a mi ventana y eso me despertará.

—De acuerdo.

—Bueno; si no te necesito durante el día, Huck, te dejaré que duermas. No quiero molestarte. A cualquier hora que descubras tú algo en la noche, corres a mi casa y maúllas.

Capítulo XXIX

Lo primero que Tom oyó el viernes en la mañana fue una noticia muy agradable: la familia del juez Thatcher había vuelto al pueblo la noche anterior. Tanto el mulato Joe como el tesoro quedaron relegados a segundo término por el momento, y Becky pasó a ocupar el primer lugar en el interés del niño. La vio y se divirtió mucho jugando al escondite y a las esquinitas con un grupo de condiscípulos. El día tuvo un digno remate: Becky logró que su mamá señalara el día siguiente para la tan prometida y retardada merienda campestre.

Esa noche no oyó ninguna señal. Llegó al fin la mañana; a eso de las diez o las once un grupo de alegres y bulliciosos niños se hallaban reunidos en casa del juez Thatcher, listos para partir. Al poco rato una alegre caravana emprendió la marcha por la calle principal, cargada con las cestas de provisiones. Sid estaba enfermo, de modo que no pudo acudir a la fiesta, y Mary se quedó en casa a cuidarlo. La última recomendación que la señora Thatcher hizo a Becky fue:

—No volverás hasta muy tarde. Quizá sea mejor que te quedes a pasar la noche en casa de alguna de las chicas que viven cerca del embarcadero, querida.

—Entonces me quedaré con Susy Harper, mamá.

—Está bien. Pórtate bien y no des trabajo.

A tres millas del pueblo la barca paró a la entrada de una frondosa ensenada y echó las amarras. Los excursionistas desembarcaron y pronto el distante bosque y los escarpados peñascos hicieron ecos a los gritos y risas. Todas las diferentes formas de sofocarse y cansarse fueron puestas en práctica, y poco a poco los vagabundos volvieron para acampar, armados de un formidable apetito, comenzando entonces la destrucción de los alimentos. Después del festín, hubo un momento de descanso y charla bajo la sombra de los viejos robles. De improviso alguien gritó:

—¿Quién está listo para ir a la caverna?

Todo el mundo lo estaba. Se repartieron la velas y al punto hubo un desbande general hacia la cima de la colina. La entrada de la caverna se hallaba en la ladera y era una abertura en forma de A. Su pesada puerta de roble estaba abierta. Dentro había una pequeña cámara, fría como una heladera, emparedada por la naturaleza con sólida roca caliza que se encontraba húmeda y bañada por un sudor helado.

Se decía que uno podía vagar días y días por esa intrincada maraña de túneles y hendeduras, sin llegar jamás a encontrar el final de la caverna y que se podía bajar hasta las profundidades de la tierra; por todas partes era lo mismo: un laberinto debajo de otro, y todos ellos sin término ni fin. No había nadie que conociese realmente la cueva. Era una cosa imposible. La mayoría de los chicos habían explorado una porción de ella y era costumbre no aventurarse más allá de la parte conocida. Tom Sawyer sabía tanto de la cueva como todos los demás.

La caravana anduvo por la galería principal unos tres cuartos de milla, y después grupos y parejas empezaron a introducirse en los túneles, a correr por los lúgubres corredores y a tomarse por sorpresa unos a otros en los lugares donde las galerías se unían nuevamente. A los grupos les era posible esconderse por más de media hora, sin ir más allá del espacio conocido.

Poco a poco, un grupo tras otro fueron llegando a la entrada de la caverna, jadeantes, sonrientes, untados de pies a cabeza de gotas de sebo, embadurnados de barro y completamente satisfechos del éxito de la jornada. Se sorprendieron al descubrir que no se habían dado cuenta de la hora y que ya estaba anocheciendo. Hacía media hora que la campana del barco estaba llamándolos.

Huck ya estaba vigilando cuando las luces de la barca pasaron iluminando el muelle. A las once se apagaron las luces de la posada, y entonces la oscuridad fue completa. Huck esperó lo que creyó era una eternidad, pero nada sucedió. Su fe comenzó a desmayar. ¿Valía realmente la pena? ¿Por qué no abandonar todo e irse a dormir?

De repente oyó un ruido. En un instante concentró toda su atención. La puerta que daba al callejón se abrió suavemente. Huck, de un salto, ocultóse tras una esquina del depósito de ladrillos. En seguida dos hombres pasaron rozándolo, y uno de ellos parecía llevar algo bajo del brazo. ¡Debía de ser el cofre! ¡Así que se llevaban el tesoro! ¿Para qué llamar a Tom ahora? Sería absurdo, pues los hombres se irían con el cofre y nunca los encontrarían. No, él se mantendría en su puesto y los seguiría; confiaba en la oscuridad, que lo protegería de ser descubierto. Ya resuelto, Huck salió y se deslizó como un gato detrás de los hombres, con los pies descalzos, dejándolos alejarse sólo lo suficiente como para no perderlos de vista

¿Se habría perdido todo? Estaba preparándose para echar a correr, cuando un hombre aclaró su voz a menos de cuatro pies de distancia. Huck sintió que el corazón se le subía a la garganta y se quedó allí parado, temblando, presa de escalofríos y tan débil que creyó que iba a desplomarse en el suelo. Se daba perfecta cuenta de dónde estaba. Encontrábase a cinco pasos del portón que daba a la propiedad de la viuda Douglas.

—¡Maldita vieja! Quizá esté acompañada; todavía hay luces, con lo tarde que es.

—Yo no las veo.

Era la voz del desconocido de la casa encantada. Huck sintió un frío de muerte en el corazón: ¡ésta era, entonces, la venganza que tenían tramada! Su primer pensamiento fue salir volando.

—Sí. Creo que está acompañada. Es mejor abandonar el plan.

—¡Abandonarlo cuando estoy por irme para siempre de este pueblo! ¡Abandonarlo, y quizá no tenga nunca otra oportunidad de realizarlo! Te he dicho cientos de veces que no me importa su dinero; tú puedes quedarte con él. Pero su marido fue malo conmigo, y sobre todo fue el juez que me condenó por vagabundo.

—Bueno, si tenemos que hacerlo, que sea de una vez. Cuanto más pronto, mejor. Estoy temblando.

—¿Hacerlo ahora, cuando hay gente en la casa? Mira, ándate con tiento, porque voy a sospechar de ti, ¿sabes? No, esperaremos hasta que se apaguen las luces; no hay por qué tener prisa.

Huck sintió que después de esto iba a seguir un silencio mucho más terrible que cualquier conversación sanguinaria, así que contuvo la respiración y se echó atrás cautelosamente. Entonces giró sobre sus pasos entre los matorrales con tanto cuidado como si fuese un vapor y comenzó a caminar rápida pero cautelosamente. Cuando llegó a la cantera se sintió seguro y emprendió la carrera cuesta abajo hasta la casa del galés. Llamó a la puerta, y al rato las cabezas del anciano y sus dos fornidos hijos aparecieron en las ventanas.

—Pero, ¿quién eres?

—Huckleberry Finn. ¡Pronto, déjenme entrar!

—Huckleberry Finn, ¿eh? No es un nombre que abra muchas puertas, creo. Pero déjenlo entrar, muchachos, y veamos qué sucede.

—Por favor, no digan jamás que yo se los conté —fueron las primeras palabras de Huck cuando entró—. No lo digan, porque con seguridad que me matan; pero la viuda ha sido muy buena conmigo, y yo quiero contarlo. Se los diré si me prometen no descubrirme.

—Vaya, parece que verdaderamente tiene algo que decir; de lo contrario, no se comportaría así —exclamó el anciano— Dilo sin miedo, muchacho, que aquí nadie repetirá nada.

Tres minutos más tarde el anciano y sus hijos, bien armados, subían la colina y se encaminaban de puntillas por el sendero angosto con los rifles en la mano. Huck los acompañó hasta allí, nada más, y se escondió detrás de un peñasco a escuchar lo que ocurría. Hubo un prolongado silencio, y de pronto una explosión de tiros y un grito. Huck no esperó ni un minuto más; se incorporó y echó a correr cuesta abajo lo más rápidamente que sus piernas se lo permitían.

Capítulo XXX

Cuando las primeras luces del alba aparecieron en la mañana del domingo, Huck subió a tientas la colina y llamó suavemente a la puerta del galés. Sus ocupantes estaban durmiendo, pero era un sueño prendido con alfileres, a consecuencia del excitante episodio de la noche anterior. Una voz se oyó desde la ventana:

—¿Quién es?

La atemorizada voz de Huck contestó en tono bajo:

—¡Por favor, déjenme entrar! ¡Soy Huck Finn!

—Es un nombre que abre esta puerta de noche y de día, muchacho. ¡Bienvenido seas!

—Yo y mis hijos esperábamos que volvieses anoche a dormir acá.

—Tenía mucho miedo —repuso Huck—, y salí corriendo. Me escapé cuando empezaron los tiros y no paré hasta tres millas más lejos. Volví hoy porque quería saber qué pasó. Vine antes de que amaneciera pues no quería tropezarme con aquellos malvados, aunque estuvieron muertos.

—¡Pobre chico! Tienes cara de haber pasado mala noche, pero allí hay una cama para ti en cuanto tomes el desayuno. No, no están muertos, lo cual sentimos mucho. Por tus indicaciones supimos bien dónde encontrarlos, así que fuimos de puntillas hasta hallarnos a quince pies de ellos. El sendero estaba oscuro como boca de lobo, y en ese momento me di cuenta de que iba a estornudar. ¡Qué mala suerte! Traté de contener el estornudo, pero no fue posible. ¡Iba a venir, y vino! Yo iba a adelante empuñando la pistola, y cuando estornudé, se oyó el ruido que hacían los canallas tratando de huir. Entonces grité: "Fuego, muchachos", y tiramos hacia el lugar de donde provenía el estrépito. Pero los bandidos ya habían escapado y tuvimos que perseguirlos por el bosque. Creo que no les hicimos nada. Ellos también dispararon un tiro cada uno antes de echar a correr, pero las balas nos pasaron raspando. Me gustaría tener las señas de esos tipos; eso ayudaría mucho.

—¡Oh, sí! Yo los vi en el pueblo y los seguí.

—¡Espléndido! ¡Descríbelos, descríbelos, muchacho!

—Uno de ellos es el español sordomudo que anduvo por aquí una o dos veces, y el otro un tipo con mala cara y andrajoso...

—¡Basta muchacho, ya los conocemos!

—¡Por favor, no vayan a decirle a nadie que yo les avisé! ¡Se los suplico!

—Así será si tú lo pides, Huck; pero debían agradecerte lo que hiciste.

—¡No, no! ¡Por favor, no digan nada!

—De repente el galés dijo:

—No me tengas miedo, muchacho; yo no haré nada que pueda perjudicarte. Por el contrario, te protegeré. Ese español no es sordomudo; a ti se te escapó sin querer y ahora no puedes disimularlo. Tú sabes algo sobre el español que no quieres decir. Vamos, confía en mí. ¿Quién es? Yo no te traicionaré.

Huck miró un momento los ojos sinceros del anciano; después se agachó y le susurró al oído:

—No es español... ¡Es el mulato Joe!

El galés pegó un brinco de sorpresa y exclamó:

—Ahora está todo claro. Cuando tú contaste lo de hacer tajos en la nariz y arrancar las orejas, creí que eran fantasías tuyas, porque los hombres blancos no hacen esa clase de venganzas. Pero un mulato... ¡Eso es diferente!

Cuando acababan de desayunar alguien llamó a la puerta. Huck trató de esconderse, pues no tenía deseos de que se le asociara, ni aun remotamente a los hechos recientes. El galés hizo pasar a varias damas y caballeros, entre los que se encontraba la viuda Douglas y vio que varios grupos de vecinos subían por la colina en dirección al sendero. La noticia se había difundido.

El galés tuvo que contar los sucesos de la noche a los visitantes. La gratitud de la viuda, por haberla salvado, era indecible.

—No me diga nada, señora. Hay alguien a quien debe usted estar más agradecida que a mí y a mis hijos, pero no me permite decir su nombre. Si no hubiera sido por él, no nos habríamos enterado de nada.

Lógicamente, esto provocó una curiosidad tan grande que casi empequeñeció el asunto principal; pero el galés dejó que la duda los royese, y con ellos a todo el pueblo, pues se rehusó a revelar el secreto.

Cuando se enteraron de todos los detalles, la viuda dijo:

—Me dormí leyendo en la cama y no me desperté a pesar de todo el ruido. ¿Por qué no fueron y me despertaron?

—Creímos que no era necesario. Esos individuos no iban a volver, pues ni siquiera tenían las herramientas para trabajar. Entonces, ¿para qué despertarla y pegarle un soberano susto? Mis tres negros se quedaron vigilando la casa todo el resto de la noche. Recién volvieron.

Llegaron más visitantes y la historia volvió a ser narrada por un par de horas.

En las vacaciones no había escuela dominical, pero todo mundo llegó temprano al templo. El apasionante suceso fue ampliamente discutido, y se recibieron noticias de que todavía no se había descubierto ni rastro de los dos bandidos. Cuando terminó el sermón, la esposa del juez Thatcher se acercó a la señora Harper, que salía por el centro de la nave junto con toda la gente, y le preguntó:

—¿Becky se va a quedar durmiendo todo el día? Me imaginó que estará muerta de cansancio.

—¿Becky?

—Sí —y agregó mirándola extrañada—: ¿No se quedó en su casa anoche?

—¡Qué esperanza! ¡No, señora!

La esposa del juez se puso pálida y cayó sin aliento en un banco, en el mismo momento que pasaba por allí la tía Polly charlando animadamente con una amiga.

—Buenos días, señora Thatcher. Buenos días, señora Harper —dijo la tía Polly—. Se me ha perdido uno de los chicos. Me figuro que anoche Tom se habrá quedado en la casa de alguna de ustedes y hoy no se atreve a venir al templo. Ya lo voy a arreglar...

La señora Thatcher hizo un débil movimiento negativo con la cabeza y se puso más pálida aún.

—Con nosotros no se quedó —respondió la señora Harper, presa ya de vivo nerviosismo.

Una gran ansiedad se reflejó en el rostro de la tía Polly.

—Joe Harper, ¿has visto a Tom, esta mañana?

—No, señora.

La alarma cundió, pasando de boca en boca, de grupo en grupo, de calle en calle; y antes de cinco minutos las campanas volaban llamando a la gente del pueblo. El episodio del cerro Cardiff pasó a segundo plano, y nadie volvió a acordarse de los malhechores. Ensillaron los caballos, se embarcaron en los botes y en la barca, y antes de media hora doscientos hombres se dirigían por el camino y por el río hacia la caverna.

Por la tarde el pueblo parecía vacío y muerto. Muchas mujeres visitaron a la tía Polly y a la señora Thatcher y trataron de consolarlas llorando con ellas, lo cual expresaba mejor sus sentimientos que las palabras.

Por la mañana temprano comenzaron a llegar al pueblo hombres agotados, pero los más fuertes continuaron buscando. Todo lo que se llegó a saber era que estaban explorando los lugares más remotos y desconocidos de la cueva y que se habían registrado todas las galerías y escondrijos.

Habían pasado tres espantosos días y tres noches, y el pueblo cayó en la desesperanza. Nadie tenía deseos de hacer nada. Huck tímidamente dirigió el tema de la conversación hacia lo que él deseaba, y finalmente preguntó, temiendo siempre lo peor, si desde que él había caído enfermo habían descubierto algo en la Posada de la Templanza.

—Sí —contestó la viuda.

Huck se incorporó en la cama, con los ojos desmesuradamente abiertos:

—¿Qué descubrieron?

—¡Alcohol, y el lugar ha sido clausurado!

¡Así que sólo habían encontrado alcohol! ¡Qué alboroto habrían hecho si hubiesen encontrado el oro!

Estos pensamientos torturaban la mente de Huck, causándole tanta fatiga que por último se quedó dormido.

Capítulo XXXI

Volvamos ahora a lo que hicieron Tom y Becky durante la excursión. Junto con sus compañeros se internaron en las galerías lóbregas, visitando las maravillas conocidas de la cueva, maravillas bautizadas con nombre tan pomposos como "El Salón", "La Catedral", "El Palacio de Aladino" y así sucesivamente. Pronto comenzaron a jugar al escondite. Tom y Becky tomaron parte en el juego con tanto ardor que el esfuerzo pronto los cansó; después se internaron por una avenida llena de cuevas, con las velas en alto, leyendo la confusa maraña de nombres, fechas, direcciones y motes dibujados en los muros rocosos con el humo de las velas. Absortos en la conversación, no notaron que se encontraban ya en una parte de la cueva cuyos muros no estaban dibujados, y escribieron sus propios nombres en una roca saliente. Al rato llegaron a un lugar donde una corriente de agua que arrastraba un sedimento calcáreo había formado con el correr de los años, al pasar por una hendidura, una pequeña cascada en la piedra brillante. Tom se colocó detrás de Becky para que ella pudiese contemplarla iluminada. Así se dio cuenta de que la cascada hacía las veces de cortina a una especie de pendiente con una escalera natural, entre angostas paredes, y enseguida se apoderó de él el deseo de descubrir lugares ignorados. Becky estuvo de acuerdo con la idea y después de hacer una marca con el humo para que les sirviese de guía más tarde, se dirigieron a la conquista de lo desconocido. Vagaron de un lado a otro hasta las profundidades secretas de la cueva, y haciendo previamente otra marca tomaron un pasaje lateral en busca de alguna novedad que contar a los de allá arriba. En un lugar tropezaron con una gruta espaciosa de cuyo techo colgaba un sinnúmero de resplandecientes estalactitas de la longitud y grosor de una pierna humana; caminaron un rato por ella, admirando todo lo que veían a su alrededor, y por último se metieron por una de las muchas galerías que allí se abrían. Esto los llevó hasta un manantial encantador en cuyo cauce brillaban cristales de escarcha; se hallaba en el centro de una gruta cuyas paredes estaban sostenidas por fantásticos pilares formados por la unión de grandes estalactitas y estalagmitas, y que eran el resultado del gotear intermitente del agua a través de los siglos.

—¡Cuánto tiempo hará que estamos aquí, Tom? Es mejor que volvamos.

—Sí, creo que es mejor.

—¿Podrás encontrar el camino, Tom? Para mí es un laberinto.

—Creo que podría encontrarlo, pero tropezaríamos con los murciélagos. Si nos apagan las velas, nos veríamos en un grave aprieto. Busquemos otro camino para no tener que pasar por allí.

—Está bien, pero ojalá no nos perdamos. ¡Sería terrible! —y la niña comenzó a temblar ante el solo pensamiento de dicha posibilidad.

Se internaron en uno de los corredores y lo recorrieron en silencio un largo trecho, observando cada nueva abertura para ver si reconocían el camino; pero todas eran desconocidas.

Becky se aferraba a él, muerta de miedo, y trataba de contener las lágrimas sin conseguirlo. Por último exclamó:

—¡Oh, Tom, no me importan los murciélagos! Volvamos por ese camino. Cada vez nos estamos desviando más.

Tom se paró.

—¡Oye! —le dijo.

Reinaba un profundo silencio; un silencio tan hondo que hasta se escuchaba el rumor de sus respiraciones. Tom gritó. El llamado despertó ecos en las galerías vacías y murió a la distancia en un débil sonido que se parecía al murmullo de una risa burlona.

—¡No lo vuelvas a hacer! ¡Es demasiado impresionante! —dijo Becky.

—Es horrible, pero es mejor que lo repita; quizás así nos oigan —y gritó nuevamente.

Pasó un rato antes de que cierta indecisión en su comportamiento le revelase a Becky otra terrible verdad: ¡no podía encontrar el camino de vuelta!

—¡Oh, Tom, no hiciste ninguna señal!

—¡Becky, he sido un tonto!... ¡No pensé que necesitáramos volver por el mismo sitio. Es verdad, no puedo encontrar el camino. Esto es un laberinto.

—¡Tom, estamos perdidos! ¡Nunca saldremos de este terrible lugar! ¿Por qué se nos ocurrió separarnos de los otros?

Se desplomó en el suelo y rompió a llorar tan amargamente que a Tom le impresionó la idea de que pudiesen morir o perder la razón.

Se pusieron otra vez en marcha, a la aventura, sin rumbo fijo, ya que lo único que podían hacer era caminar sin descanso.

Al poco tiempo Tom apagó la vela de Becky. Esta economía significaba mucho. Las explicaciones eran innecesarias.

Cuando la fatiga comenzó a hacerse sentir, los niños trataron de no prestarle atención. Por último Becky se sentó; sus piernas frágiles se negaban a llevarla más lejos, y Tom echóse a su lado. Hablaron del hogar, de los amigos, de las camas confortables que allí los esperaban y sobre todo de la luz; Becky lloró y Tom trató de hallar alguna forma de consolarla, pero todas sus palabras de aliento estaban agotadas con el uso y sonaban a sarcasmo. La fatiga venció por fin a Becky, que se quedó dormida. Esto produjo alivio a Tom. Becky despertó con una risa alegre que murió en seguida en sus labios y se convirtió en un lamento.

—Me alegra que hayas dormido, Becky; ahora estarás descansada, y encontraremos el camino de vuelta.

—Podemos hacer la prueba, Tom; pero ¡he visto un país tan hermoso en mis sueños! Creo que iremos allí.

—Quizá no, Becky, anímate y sigamos.

Se levantaron y prosiguieron la marcha tomados de la mano y desesperados. Se sentaron y Tom aseguró su vela en la pared, frente a ellos, con arcilla. Con la mente ocupada en sus propios pensamientos, no dijeron ni una palabra durante un tiempo. Después Becky rompió el silencio:

—¡Tom, tengo mucha hambre!

Tom sacó algo del bolsillo.

—¿Recuerdas esto? —preguntó.

Becky esbozó una sonrisa.

—Es nuestra torta de bodas, Tom.

—Sí, ¡y ojalá fuera grande como un tonel, pues es lo único que tenemos!

—La guardé como recuerdo, Tom, como hace la gente grande con su torta de bodas; pero será...

Dejó la frase sin terminar. Tom dividió la torta, y Becky comió con buen apetito, mientras él mordisqueó su mitad con desgano. Había abundancia de agua fresca con que terminar el festín. Poco después Becky sugirió la idea de que continuasen caminando. Tom quedó en silencio un momento. Luego dijo:

—Becky, ¿podrás soportar lo que tengo que decirte?

El rostro de Becky palideció, pero respondió afirmativamente.

—Bueno; entonces, Becky, debemos quedarnos aquí, donde hay agua que beber. ¡Ese pedacito es nuestra última vela!

Becky dio rienda suelta al llanto y a los lamentos.

—¿Cuándo nos echarán de menos, Tom?

—Creo que cuando vuelva el vapor.

Los niños clavaron la mirada en el pedazo de vela y lo vieron consumirse lenta e irremediablemente; quedó por último un trocito de mecha, vieron alzarse una llama débil, subir una fina columna de humo, mantenerse en lo alto un momento, y entonces... reinó el horror de la completa oscuridad.

Ninguno de los dos pudo decir cuánto tiempo más tarde Becky se dio cuenta de que había estado llorando en los brazos de Tom. Todo lo que sabía era que después de lo que se les imaginó un siglo, ambos despertaron de un pesado sopor y una vez más recordando su desgracia.

Las horas pasaban, y el hambre volvió a atormentar nuevamente a los cautivos. Quedaba todavía una porción de la mitad de la torta que correspondió a Tom, así que la dividieron y comieron. Esto pareció dejarlos con más hambre aún. El miserable bocado no hizo sino aumentarles el apetito.

Al rato Tom exclamó:

—¡Chist! ¿Oíste eso?

Ambos contuvieron la respiración y escucharon. Se oía algo como un débil grito a la distancia.

—¡Son ellos! —gritó Tom— ¡Vienen hacia aquí! ¡Vamos, Becky, estamos salvados!

La alegría de los extraviados era indescriptible. Sin embargo, su marcha era lenta, pues abundaban los hoyos y asperezas y debían cuidarse de ellos. Pronto se encontraron con uno y tuvieron que detenerse. Se trataba de un hoyo que podía tener tres o cien pies de profundidad; de cualquier modo, no era posible pasarlo. Tom se echó boca abajo y trató de tocar el fondo, sin lograrlo. Debían quedarse allí y esperar hasta que viniesen a buscarlos.

De repente se le ocurrió una idea. Muy cerca había algunas galerías laterales. Sería mejor explorar algunas de ellas que soportar el peso del tiempo en completa inercia. Sacó del bolsillo un hilo de barrilete, lo ató a una saliente de la roca y junto con Becky comenzó a caminar, desenvolviendo el hilo a medida que andaba. A veinte pies, más o menos, el corredor terminaba en un pozo. Tom se hincó y alargó el brazo para palpar el interior, doblándolo luego hacia un costado para tratar de llegar con su mano lo más lejos posible; hizo un esfuerzo para estirarse un poco más hacia la derecha, y en ese momento, a menos de diez metros, apareció por detrás de una roca una mano sosteniendo una vela. Tom lanzó un grito de júbilo, e instantáneamente detrás de la mano apareció el cuerpo, que era... ¡el del mulato Joe! Tom quedó paralizado, sin poder efectuar el menor movimiento. Enseguida sintióse más aliviado al ver que el español apresuraba el paso y desaparecía de la vista. Tom pensó que cómo era posible que Joe no hubiese reconocido su voz y venido a matarlo por haber declarado en la corte. El eco debió cambiarle la voz. Indudablemente, esto era lo que había sucedido, pensó.

Sin embargo, el hambre y la inquietud se impusieron al temor. Otra tediosa espera junto al manantial y otro largo sueño cambiaron considerablemente las cosas. Entonces se propuso explorar otro pasaje.

Becky se hallaba demasiado débil y sumida en una melancólica apatía de la que era imposible arrancarla. Dijo que deseaba esperar allí la muerte, que no tardaría en llegar. Alentó a Tom para que fuese a explorar si así lo deseaba, pero le imploró que llevase el hilo de barrillete y volviese cada tanto tiempo a hablarle.

Tom la besó con una sensación de ahogo en la garganta y le hizo creer, con falsas muestras de entusiasmo, que confiaba en encontrar a las personas que los buscaban o una salida de la cueva; luego tomó el hilo y se fue caminando a tientas por uno de los pasajes, muerto de hambre y agobiado por presentimientos fatales.

Capítulo XXXII

Llegó la tarde del martes y se desvaneció en el crepúsculo. Los vecinos de San Petersburgo estaban todavía de duelo, pues los niños no habían sido encontrados. Se hicieron rogativas públicas por ellos y más de una privada en la que se ponía todo el corazón; los que se habían dedicado a la búsqueda habían abandonado la empresa y reanudado sus tarea, habituales, diciendo que estaba claro que los chicos no podían jamás ser encontrados. La señora Thatcher se hallaba muy enferma. El martes por la noche, el pueblo se recogió a descansar, triste y apesadumbrado.

En medio de la noche se oyó un frenético repiqueteo de campanas, y en un minuto las calles estaban llenas de gente a medio vestir que gritaba: "¡Salgan! ¡Salgan! ¡Los han encontrado! ¡Los han encontrado!"

El pueblo estaba todo iluminado; nadie volvió a acostarse nuevamente, pues era la noche más relevante que registraba la memoria de la pequeña ciudad. Durante la primera media hora, una procesión de vecinos desfiló por la casa del juez Thatcher, abrazando y besando a los salvados. Estrechaban la mano de la señora Thatcher y hacían esfuerzos para hablar sin lograrlo, llenando el lugar de lágrimas expresivas.

La felicidad de la tía Polly era completa y casi tan grande era la de la señora Thatcher. Sólo sería completa cuando llegase a la cueva el mensajero que había enviado para trasmitir la gran noticia a su esposo.

Tom estaba acostado en un sofá, con un ansioso auditorio a su alrededor, y contaba la historia de la maravillosa aventura, poniendo algunos toques adicionales, fruto de su imaginación, para adornarla más.

Tres días y tres noches de angustia y de hambre en la cueva no era posible olvidarlos fácilmente, como pronto lo notaron Tom y Becky. Estuvieron acostados todo el miércoles y el jueves, y les parecía que cada vez se sentían más cansados y deprimidos. Tom se levantó un poco el jueves, salió a la calle el viernes, y el sábado ya estaba perfectamente; pero Becky no abandonó su pieza hasta el domingo, pareciendo luego que se hubiese levantado de una enfermedad agotadora.

Tom se enteró de la enfermedad de Huck y fue a visitarlo el viernes, pero no lo dejaron entrar en la habitación; tampoco pudo verlo el sábado ni el domingo. Después fue admitido diariamente.

Quince días después de haber sido rescatado, Tom se dirigía a visitar a Huck, que ya se encontraba bastante fuerte como para escuchar la narración de todas las aventuras que pensaba contarle, cuando al pasar por la casa del juez Thatcher se detuvo para ver a Becky. El juez y algunos amigos hicieron hablar a Tom, y uno de ellos le preguntó irónicamente si no le agradaría ir nuevamente a la cueva. Tom contestó que no le disgustaría. Entonces el juez dijo:

—No dudo que hay muchos que piensan como tú, Tom. Pero ya nos hemos prevenido contra esas imprudencias. Nadie se perderá más en esa cueva.

—¿Por qué?

—Porque hace dos semanas que he hecho reforzar la puerta con una chapa de acero y con tres cerraduras, y yo tengo las llaves.

Tom quedó blanco como el papel.

—¿Qué te pasa, muchacho? ¡A ver, traigan un vaso de agua!

En seguida trajeron el agua y le rociaron la cara.

—Ahora que estás mejor, dime qué te pasa, Tom.

—¡Oh dios mío! ¡El mulato Joe está en la cueva!

Capítulo XXXIII

En pocos minutos se propagó la noticia, y una docena de botecitos llenos de hombres se dirigieron hacia la cueva MacDougal, seguidos por el vaporcito, repleto de pasajeros. Tom Sawyer iba en el bote que conducía el juez Thatcher. Cuando abrieron la puerta de la cueva, se encontraron frente a un penoso espectáculo en la débil penumbra del lugar: el mulato Joe yacía muerto en el suelo, con la cara cerca de una rendija de la puerta, como si sus ojos desesperados hubieran estado fijos hasta el último momento en la luz y alegría del mundo exterior. Tom se sintió conmovido, pues sabía por propia experiencia lo que había sufrido ese desgraciado. Le causó lástima, pero con todo experimentó tal sensación de alivio y seguridad, que sólo entonces se dio cuenta del peso enorme que había llevado en su corazón desde el día que levantó su voz en contra del asesino sanguinario.

El mulato Joe fue enterrado cerca de la entrada de la cueva y la gente acudió en botes y carros desde pueblos y chacras de siete millas a la redonda; trajeron con ellos a sus hijos y toda clase de provisiones, confesando después que les había producido tanta satisfacción el funeral como si hubiese sido la ejecución.

Este funeral impidió que siguiese adelante algo que ya había tomado impulso: el pedido de indulto para el mulato Joe hecho al gobernador.

La mañana siguiente al funeral Tom llevó a Huck a un lugar solitario para conversar con él acerca de importantes asuntos.

Huck se había enterado de la aventura de Tom por medio del galés y de la viuda Douglas, pero Tom decía que había algo que no le habían contado y era de esto precisamente de lo que quería hablar. A Huck se le entristeció el rostro y dijo:

—Ya sé lo que es. Fuiste al número dos y no encontraste más que whisky. Nadie me dijo que fuiste tú, pero yo me lo imaginé en cuanto supe que habían cerrado la posada porque encontraron bebidas. En seguida me di cuenta de que no tenía el dinero, porque me lo habrías hecho saber aunque no se lo hubieras dicho a nadie. Te aseguro, Tom, que algo me decía que nunca íbamos a apoderarnos de ese dinero.

—¡Pero, Huck, yo no delaté al posadero! Tú sabes que todo andaba bien el sábado, cuando fue la excursión campestre. ¿No te acuerdas de que ésa fue la noche que tú te quedaste vigilando allí?

—¡Ah, sí! Parece que hiciera un año. Fue esa misma noche que yo seguí al mulato Joe hasta lo de la viuda.

—¡Huck, ese dinero no estuvo nunca en el número dos!

—¿*Qué?*—dijo Huck escudriñando el rostro de su camarada—Tom, ¿estás otra vez sobre la pista del dinero?

—¡Está en la cueva, Huck!

Los ojos de Huck relampaguearon.

—¿Irás conmigo y me ayudarás a sacarlo?

—¡Por supuesto que sí!

—Estoy de acuerdo. ¿Cuándo iremos?

—Ahora mismo, si quieres. ¿Estás bastante fuerte?

—¿Tenemos que ir hasta muy adentro de la cueva? Ya hace tres o cuatro días que me levanté, pero no puedo caminar más de una milla, Tom; al menos, no creo que pueda.

—El lugar está más o menos cinco millas adentro de la cueva, yendo por el camino que todos conocen, pero yo sé de un camino muy corto, Huck, que no conoce nadie más que yo. Te llevaré hasta allí en bote. Remaré hasta el lugar y atracaré solo. Tú no tienes que moverte.

—Vamos en seguida, Tom.

—Está bien.

Poco después de mediodía los chicos consiguieron el bote de un vecino que se hallaba ausente y se pusieron en marcha.

—Pero ¿ves ese lugar blanco, allá a lo lejos, donde ha habido un desmoronamiento de tierra? Bueno; eso me sirve de guía. Ahora vamos a desembarcar.

Así lo hicieron.

—Ahora, Huck, desde donde estamos parados, con una caña de pescar, podrías tocar el agujero por donde salí. A ver si das con él.

Huck buscó por todas partes pero no encontró nada. Tom, con aire triunfal, penetró en una espesura.

—¡Aquí está! Míralo, Huck; es el agujero mejor escondido de todo el país.

Para entonces ya estaba todo listo, y los muchachos entraron por el agujero; Tom iba al frente. Se abrieron camino dificultosamente hasta el final del túnel, ataron luego el hilo del barrilete y echaron a andar. Después de caminar unos pasos llegaron al manantial, y Tom sintió que el frío le corría por todo el cuerpo. Le mostró a Huck el pedacito de pabilo pegado a un terrón de barro y le describió cómo Becky y él vieron la llama elevarse y expirar.

Los chicos empezaron a hablar en voz alta, pues la quietud del lugar les oprimía el corazón. Continuaron andando y llegaron finalmente al pozo. Iluminados por las velas, vieron que no se trataba de un precipicio, sino solamente de una pendiente de veinte o treinta pies de profundidad. Tom susurró:

—Ahora te mostraré algo, Huck.

Levantó el brazo, sosteniendo la vela bien en alto, y añadió:

—Mira hacia el costado, lo más lejos que puedas. ¿Ves eso? Allí, sobre esa roca grande, dibujado con humo de vela.

—¡Hay una cruz, Tom!

—¿Recuerdas dónde estaba el número dos? "Debajo de la cruz", ¿eh? ¡Allí es donde vi al mulato Joe con la vela, Huck!

Huck observó la mística señal durante un rato y luego dijo con voz temblorosa:

—¡Tom, vámonos de aquí!

—¡Qué! ¿Y dejar el tesoro?

—Sí, déjalo. Con seguridad que por ahí anda el espíritu del mulato Joe.

—¡No, Huck, no! Andará por el lugar donde murió, a la entrada de la cueva, que está a cinco millas de aquí.

—No. Tom, estás equivocado. Andará rondando el dinero. Yo conozco muy bien a los espíritus, y tú también.

Tom empezó a temer que Huck tuviese razón, y sintió recelos. Pero de pronto se le ocurrió una idea.

—¡Mira que somos tontos, Huck! ¡El espíritu del mulato Joe no va a venir a donde hay una cruz!

El argumento era convincente y surtió efecto.

—No había pensado en eso, Tom. Tienes razón. Es una suerte que haya una cruz. Bajemos por aquí busquemos el cofre.

Tom bajó primero; marcando con sus pisadas rústicos peldaños en el barro de la pendiente, a medida que descendía. Huck lo siguió.

—Él dijo debajo de la cruz. Esto es lo más cerca que hay debajo de la cruz. No puede estar debajo de la roca misma, porque el suelo es sumamente macizo.

Volvieron a explorar por todas partes y luego se sentaron desalentados. A Huck no se le ocurría nada. Al rato Tom exclamó:

—Mira, Huck, hay marcas de pisadas y sebo en el barro a un costado de esta roca, pero en las otras no hay nada. ¿Por qué será eso? Te apuesto a que el dinero está debajo de la roca. Voy a excavar en la arcilla.

—¡No es mala idea, Tom! —repuso Huck con animación.

Tom sacó su navaja, y no había cavado más de diez centímetros cuando tropezó con madera.

—¡Eh, Huck! ¿Oyes?

Huck comenzó entonces a cavar y a raspar. Muy pronto quedaron al descubierto unas tablas que se apresuraron a sacar, y que ocultaban una grieta natural que había debajo del piso. Tom se metió dentro e iluminó con su vela tan lejos como le fue posible, pero dijo que no veía el final de la abertura. Le propuso a Huck explorarla.

Tom exclamó:

—¡Dios mío, Huck; mira lo que hay allí!

Era, sin lugar a dudas, el cofre del tesoro, que ocupaba una pequeña caverna, junto a un barrilito de pólvora vacío, y un par de fusiles con fundas de cuero.

—¡Por fin lo tenemos! —exclamó Huck acariciando las deslustradas monedas con la mano— ¡Somos ricos, Tom!

—Yo siempre pensé que lo tendríamos, Huck.

El dinero estuvo pronto dentro de las bolsas, que los niños llevaron hasta la roca marcada con la cruz.

—Ahora vayamos por las armas y las otras cosas —dijo Huck.

—No, Huck, dejemos eso. Lo necesitaremos cuando vayamos a robar.

—Vamos, Huck, ya hace mucho tiempo que estamos aquí. Es tarde y tengo hambre. Comeremos y fumaremos cuando lleguemos al bote.

Finalmente salieron al espeso grupo de arbustos que ocultaba la entrada, miraron cautelosamente a su alrededor para estar seguros de que no había nadie y poco después estaban comiendo y fumando en el bote. Cuando el sol se ponía en el horizonte, emprendieron la vuelta.

—Ahora, Huck —dijo Tom—, esconderemos el dinero en el desván de la casilla, donde la viuda guarda la leña. Yo volveré por la mañana; contaremos el dinero y lo dividiremos, y luego buscaremos un lugar seguro en el monte para guardarlo.

Cuando llegaban a la casa del galés, se pararon a descansar. En el momento en que iban a reanudar su marcha, salió el galés y les dijo:

—Hola, ¿quién anda por ahí?

—Huck y Tom Sawyer.

—¡Magnífico! Vengan conmigo, muchachos, que están haciendo esperar a todos. Vamos apúrense, corran delante, que yo les llevaré el carro. ¡Aprisa, vamos!

Los niños querían saber a qué se debía la urgencia.

—No importa; ya se enterarán cuando lleguemos a lo de la viuda Douglas.

El lugar se hallaba muy iluminado, y todas las personas importantes del pueblo se encontraban allí. Estaban los Thatcher, los Harper, los Rogers, la tía Polly, Sid, Mary, el pastor, el editor y muchos otros, vestidos con sus mejores galas. La viuda los recibió con grandes muestras de agasajo y cariño.

—Ahora lávense y vístanse. Aquí tienen dos trajes nuevos, camisas, medias y todo lo que necesitan. Son de Huck. No, no me lo agradezcas, Huck; el señor Jones compró uno y yo el otro. Pero les quedarán bien a los dos. Arréglense y vengan cuando estén listos.

Dicho esto se retiró.

Capítulo XXXIV

Oye, Tom —dijo Huck—; si encontramos una soga nos podemos escapar. La ventana no es muy alta.

—Peor, ¿por qué quieres escapar?

—Es que no estoy acostumbrado a esa clase de gente. Me siento incómodo. Yo no vuelvo allí, Tom.

—¡Déjate de pavadas! No es nada; ya ves que a mí no me molestan. Yo te cuidaré

En ese momento apareció Sid.

—Tom —dijo—, tía Polly te estuvo esperando toda la tarde.

Unos minutos después los invitados de la viuda se sentaban a la mesa, en tanto que una docena de chiquillos lo hacían alrededor de varias mesitas dispuestas en la misma habitación, según era costumbre allí en esa época. En un momento propicio el señor Jones inició su discurso, en el cual agradeció a la viuda el honor dispensado a él y a sus hijos, pero agregó que había otra persona cuya modestia...

Y continuó en esta forma hasta que, con palabras y gestos dramáticos, relató la participación de Huck en la aventura, pero la sorpresa que ocasionó era en gran parte falsa y no tan clamorosa y efusiva como hubiese sido en circunstancias más felices. Con todo, la viuda logró simular bastante bien su asombro y colmó a Huck de tantos cumplimientos que éste casi olvidó lo incómodo que se sentía con la ropa nueva y el terrible malestar que le producía ser el blanco de todas las miradas y elogios.

La viuda dijo que pensaba dar a Huck un hogar bajo su propio techo y educarlo; y que cuando dispusiese de dinero lo iniciaría en un negocio modesto. Entonces llegó la oportunidad que Tom esperaba, y exclamó:

—¡Huck no lo necesita! ¡Huck es rico!

Solamente la buena educación de los concurrentes evitó que esta amable broma fuese recibida con una carcajada. Pero el silencio era molesto, y Tom lo rompió agregando:

—Huck tiene dinero. Quizá ustedes no me crean, pero lo tiene a montones. No, no se sonrían, que se los puedo demostrar. Esperen un minuto.

Tom corrió afuera. Todos quedaron mirándose asombrados e interrogando con la vista a Huck, que estaba mudo.

Tom entró abrumado bajo el peso de las bolsas, y la tía Polly no terminó la frase. Inmediatamente Tom volcó las monedas en la mesa y dijo:

—Aquí está. ¿Qué les dije? La mitad es de Huck, y la otra mitad mía.

El espectáculo dejó a los presentes sin aliento. Se quedaron mirando atónitos, y nadie habló durante un momento. Después todos pidieron una explicación. Tom respondió que podía darla, y así lo hizo.

En seguida contaron el dinero. El total sumaba más de doce mil dólares. Era una cantidad superior a la que cualquiera de los presentes había visto en su vida, pues a pesar de que varios tenían una fortuna considerablemente mayor, estaba invertida en propiedades.

Capítulo XXXV

Como el lector puede suponer, la ganancia inesperada de Tom y Huck causó sensación en el pobre pueblecito de San Petersburgo. Tal cantidad en dinero contante y sonante parecía casi increíble. Se habló de ello y se discutió hasta que la razón de más de un vecino vaciló bajo el peso de tanta excitación. Todas las casas "encantadas" de San Petersburgo y de los pueblos vecinos fueron revisadas tablón por tablón; se excavaron sus cimientos y se registró piedra por piedra en busca de tesoros escondidos... y no precisamente por chicos, sino por hombres serios, graves, muy poco románticos.

La viuda Douglas puso el dinero de Huck al seis por ciento de interés, y el juez Thatcher hizo lo mismo con el de Tom, a pedido de la tía Polly. Cada niño tenía una entrada que era simplemente prodigiosa: un dólar por cada día hábil de la semana durante todo el año y la mitad los domingos. Era justamente lo mismo que ganaba el pastor; no, es decir: era lo que le habían prometido, pues generalmente no podía cobrar nunca. Un dólar y medio a la semana era suficiente para pagar el alojamiento y la instrucción de un niño en aquellos sencillos días... y hasta para vestirlo y lavarlo.

El juez Thatcher se había formado una alta opinión de Tom. Decía que cualquier otro chico no habría sacado a su hija de la cueva. Cuando Becky contó a su padre que Tom se había dejado castigar por ella en la escuela, el juez se sintió conmovido; y cuando trató de disculpar la mentira que Tom había dicho para salvarla del castigo y echárselo él, el juez dijo, en un magnífico arranque, que era una mentira noble, generosa, magnánima; una mentira por la que merecía llevar la frente muy alta y pasar a la posteridad junto con la tan mentada veracidad de George Washington acerca del hacha. A Becky nunca le había parecido su padre tan alto ni tan magnífico como cuando, caminando por la habitación, había afirmado todo aquello. Inmediatamente salió Becky y se lo contó todo a Tom.

El juez Thatcher deseaba que Tom llegase a ser algún día un gran abogado o un valiente militar. Dijo que iba a ocuparse de que Tom entrase en la Academia Militar Nacional y después en la mejor Facultad de Derecho del país, para que así estuviese en disposición de elegir cualquiera de esas carrera, o las dos.

Las riquezas de Huck Finn y el hecho de estar bajo la protección de la viuda Douglas lo introdujeron en la buena sociedad, o más bien dicho, lo metieron en ella a empujones pero el pobre sufría más de lo que podía soportar.

Con gran valentía soportó este suplicio durante tres semanas, hasta que un día desapareció. La viuda lo buscó cuarenta y ocho horas, desconsolada. La gente estaba muy preocupada; revisaron por todas partes y hasta rastrearon el río en busca de su cuerpo. La mañana del tercer día Tom Sawyer sintió el impulso de buscarlo entre unos barriles viejos, detrás del antiguo matadero, y en uno de ellos encontró al fugitivo. Huck había dormido allí; acababa de desayunarse con algunas viandas robadas y restos de comida, y en ese momento se encontraba recostado cómodamente fumando su pipa. Estaba sucio, despeinado y vestido con los mismos harapos que lo hacían tan pintoresco en los días en que era libre y feliz. Tom lo hizo salir de allí, le contó el trastorno que había causado y le pidió que volviese al hogar. El rostro de Huck perdió su expresión de tranquilidad y se puso melancólico.

—No me hables de eso, Tom —le dijo—. Ya hice la prueba, y no es posible, esa clase de vida no es para mí, Tom; no estoy acostumbrado. La viuda es muy buena conmigo y muy amable, pero no puedo soportarla. Me hace levantar todas las mañanas a la misma hora, me lava, me peina, no me deja dormir en la casilla de la leña, me obliga a usar esa ropa que me asfixia. Si hasta parece que por ese traje no puede entrar el aire, y es tan fino que no puedo sentarme ni acostarme, ni echarme a rodar con él. Me parece que hace años que no me deslizo por la puerta de un sótano. Voy al templo, y transpiro todo el tiempo. ¡Cómo odio esos sermones latosos! Allí no puedo cazar una mosca, ni mascar goma, y tengo que usar zapatos todo el día domingo. La viuda come por reloj, se acuesta por reloj, se levanta por reloj... Todo lo hace tan regularmente que es imposible soportarla.

—Pero todo el mundo hace lo mismo, Huck.

—No me importa, Tom. Yo no soy "todo el mundo" y no lo soporto. Es terrible estar tan atado. Además, la comida llega muy fácilmente, y en esa forma no me interesa. Tengo que pedir permiso para ir a pescar, para ir a nadar... En fin, para cualquier cosa. Me obliga a hablar tan finamente que me siento incómodo, y todos los días tengo que ir al desván a maldecir un rato para quitarme el mal gusto de la boca; de lo contrario, me moriría, Tom. La viuda no me deja fumar, ni gritar, ni bostezar; no me permite desperezarme, ni rascarme delante de la gente.

Después exclamó en un arranque de cólera:

—¡Y qué embromar! ¡Se pasa rezando todo el día! ¡Nunca he visto una mujer igual! ¡Tenía que escaparme, Tom; no podía ser de otra manera! Además, van a empezar las clases, y habría tenido que ir a la escuela... Y eso sí que no lo soportaría. Mira, Tom, ser rico no es lo que les parece a los pobres. Es preocuparse, sudar y sentir siempre deseos de morir. En cambio, esta ropa me queda bien, en esta barrica me siento cómodo, y no pienso abandonarla de nuevo. Nunca me habría metido en este enredo si no hubiese sido por el dinero del tesoro; te lo regalo, Tom, quédate con mi parte, y de vez en cuando dame una moneda de diez centavos, pero no muy seguido, pues a mí no me interesan las cosas que son fáciles de conseguir. Ahora anda y trata de que la viuda me deje tranquilo.

—¡Oh, Huck, tú sabes que yo no puedo hacer eso!

Tom vio su oportunidad.

—Mírame a mí Huck. El ser rico no me impide hacerme ladrón.

—¡No! Pero ¿me lo dices en serio, Tom?

—Nunca he hablado más seriamente. Pero si tú no eres una persona respetable, Huck, no te podemos dejar entrar en la banda.

—¡Vamos, Tom! ¿Acaso no has sido siempre amigo mío? Tú no me dejarías a un lado, ¿no es cierto, Tom? No serías capaz de hacerme eso, ¿eh?

—Yo no quisiera hacerlo, Huck; pero, ¿qué diría la gente? Diría: "¡Bah!... ¡La banda de Tom Sawyer! ¡Hay que ver la gente que hay allí!" Y lo dirían por ti, Huck, y eso a ti no te gustaría, ni a mí tampoco.

Huck guardó silencio un rato, abstraído en una lucha mental. Finalmente dijo:

—Bueno, vuelvo a lo de la viuda y pruebo un mes, a ver si puedo soportarlo, pero siempre que tú me dejes pertenecer a la banda, Tom.

—¡Muy bien, Huck, de acuerdo! Vamos y yo le pediré a la viuda que te dé un poco más de libertad.

—¿Me harás ese favor, Tom? ¡Qué bueno! Si, ella cede en las cosas más fuertes, yo fumaré y maldeciré en privado y saldré adelante o reventaré. ¿Cuándo vas a organizar la banda para hacernos ladrones?

—Enseguida.

—Me quedaré con la viuda hasta que me muera, Tom; y estoy seguro de que, si llego a ser uno de esos grandes ladrones sobre los que todos hablan, se va a poner orgullosa de haber sido ella la que me sacó del fango.

Conclusión

Así termina esta crónica. Siendo estrictamente la historia de un niño, debe detenerse aquí; la narración no podría continuar mucho más sin convertirse en la historia de un hombre. Cuando uno escribe una novela sobre personas mayores, sabe exactamente dónde terminar: en el matrimonio; pero, cuando se escribe sobre chicos, debe poner punto final donde mejor pueda.

La mayoría de los personajes de este libro viven todavía y son prósperos y felices. Algún día quizá valga la pena reanudar la historia de esos jóvenes y ver en qué clase de hombres y mujeres se convirtieron; por lo tanto es más acertado no revelar por el momento nada sobre esa parte de sus vidas.

Índice

Colección Grandes de la Literatura

GRAFIMEX IMPRESORES S.A. DE C.V.,
AV. DE LAS TORRES No. 256 COL. LOMAS DE SAN LORENZO
DEL. IZTAPALAPA C.P. 09970 MÉXICO, D.F. TEL.: 3004-4444